무정도

무정 情刀

임영기 新무협 판타지 소설

FANTASTIC ORIENTAL HEROES

무정도 1

임영기 新무협 판타지 소설

초판 1쇄 찍은 날 § 2013년 9월 6일
초판 1쇄 펴낸 날 § 2013년 9월 13일

지은이 § 임영기
펴낸이 § 서경석

편집부장 § 권태완
편집책임 § 박가연

펴낸곳 § 도서출판 청어람
등록번호 § 제1081-1-89호
등록일자 § 1999. 5. 31
어람번호 § 제2-2395호

주소 § 경기도 부천시 원미구 심곡2동 163-2 서경B/D 3F (우) 420-822
전화 § 032-656-4452 팩스 § 032-656-4453
http://www.chungeoram.com
E-mail § chungeorambook@daum.net

ISBN 978-89-251-3464-2 04810
ISBN 978-89-251-3463-5 (세트)

무도정도

무정도 (武情刀)

임영기 新무협 판타지 소설

1

남국열전 (南國熱戰)

무정도
情刀

目次

序

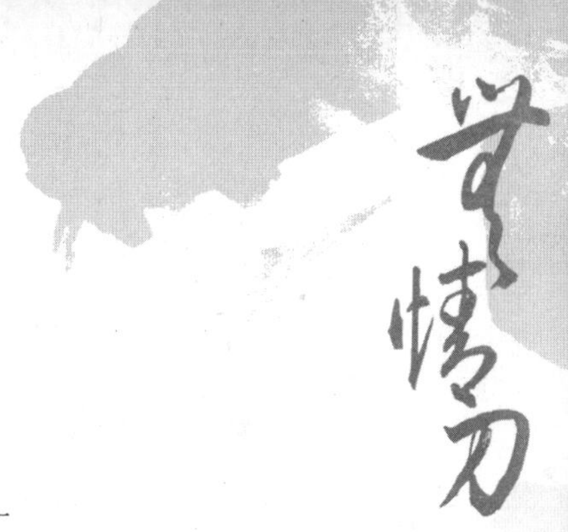

우리가 가는 곳마다 사람들은 누나를 창녀라고 욕했다.

그래도 누나는 귀머거리인 양 꿋꿋하게 자신의 할 일을 했다. 누나의 일이란 이따금씩 낯선 남자들을 집으로 끌어들이는 것이었다.

그러나 누나는 자신의 몸을 탐하고 떠나는 남자들에게 돈을 받지 않았다.

그러므로 그것은 매춘(賣春)이 아니고 누나는 창녀가 아니다. 하지만 누나는 자신을 욕하고 침을 뱉는 사람들에게 어떠한 변명도 하지 않았다. 마치 변명하는 것 자체가 무가치하다고 생각하는 것 같았다.

그렇다고 해서 누나가 남자를 밝히는 것도 아니었다. 오히려 언제나 매우 슬픈 얼굴로 남자를 집에 데리고 왔으며, 이후 그들이 떠나고 나서는 내 오른손을 잡은 채 한참 동안이나 소리 죽여 흐느껴 울었다.

그러고 나서 어떨 때는 술을 마시면서 동이 틀 때까지 우는 것을 그치지 않는 경우도 많았다.

내 기억이 미치는 최초의 어린 시절이었던 서너 살 무렵에도 누나는 그 일을 하고 있었다.

사람들은 창녀 짓이라고 말하지만 나는 그냥 일이라고 생각했으며 지금도 그 생각은 변함이 없다.

세상 모든 사람이 자신의 일을 하듯이, 그것은 그냥 누나의 일이었다. 하지만 나는 내 생각을 한 번도 입 밖에 내본 적은 없었다.

누나는 한곳에서 한 달 이상 머무는 경우가 드물었다. 예외의 경우가 세 번 있었다. 북경과 낙양, 항주에서는 반년 가까이 머물렀었다.

그것 말고는 누나와 나는 천하 방방곡곡을 떠돌아다녔다. 덕분에 나는 어린 나이에 천하에 가보지 않은 곳이 없을 정도로 경험이 풍부해졌다.

혹자들은 그렇게 떠돌아다니면서 공부는 언제 하고 사람

은 또 언제 사귀느냐고 혀를 차며 내가 불쌍하다고 말하지만 그건 모르고 하는 소리다.

내게는 유랑과 거리의 온갖 종류 사람들, 그리고 천하 곳곳에서 겪는 그 모든 경험이 스승이었다.

또한 사람이란 사귀지 않는 편이 좋다. 사귀는 과정이 번거롭기 짝이 없고 헤어질 때 괜히 마음이 언짢아진다.

그렇기 때문에 나는 누나를 따라서 천하를 유랑하는 것이 조금도 괴롭거나 힘들지 않고 오히려 즐거웠다.

나중에 문득 떠오른 것이지만, 어쩌면 나는 한곳에 머물지 못하는 상황이기 때문에 그것을 긍정적으로 받아들이려고 스스로 노력했을지도 모른다는 생각을 했다.

천하를 유랑하면서 쌓은 경험과 수많은 사람과 부대끼면서 터득하게 된 공부 덕분에 나는 몇 가지 나만의 무기를 갖게 되었다.

그중에 두 가지가 절대 남에게 속지 않는다는 것이고, 어떤 종류의 사람이든 한 번만 보면 성격이나 살아온 과정, 속마음 따위를 단번에 간파할 수 있게 되었다.

누나는 남자들로부터 일체 돈을 받지 않기 때문에 평상시에는 온갖 잡일을 마다하지 않고 돈을 벌어서 그걸로 생활을 꾸렸다.

그리고 나는 여섯 살 때부터 거리에 나가서 돈을 벌기 시작했으며 열 살 때부터는 수입이 꽤 짭짤했기 때문에 그때부터 누나는 바깥일을 하지 않고 오로지 본연의 일에만 충실했다. 즉, 낯선 남자들을 집으로 데려오는 일이다.

　누나가 집으로, 혹은 임시로 묵는 객잔이나 움막으로 데리고 오는 남자들에게는 한 가지 공통점이 있었다. 그들 모두 무인(武人)이라는 사실이었다.

序二

나하고 누나는 나이 터울이 많았다. 누나는 나보다 열일곱 살이나 많아서 내겐 엄마 같은 누나였다.

부모님이 누군지, 다른 형제는 없는지 가족에 대해서 누나는 얘기해 준 적이 없었다.

내가 열다섯 살이고, 누나가 서른두 살이었을 때 누나는 마지막으로 데리고 온 남자에게서 몹쓸 병이 옮았는데, 의원은 매독(梅毒)이라 했으며 백약이 소용없다고 진단했었다.

결국 누나는 몹쓸 병에 걸려서 한 달 동안 고생하다가 온몸이 썩어 문드러져서 죽었다.

누나는 앞으로 살아가면서 두 가지를 반드시 지키라는 유언을 나에게 남겼다.

첫째, 목숨이 위태로운 절박한 상황이 아니면 절대로 오른손을 사용하지 말 것.
둘째, 흑청사(黑靑蛇) 뱀이 오른손 손목을 칭칭 감고 있는 문신한 자를 찾아내서 반드시 죽일 것.

나는 부패하고 있는 죽은 누나의 시신하고 열흘 동안 우리가 마지막으로 살았던 움막에서 함께 지냈다.
이후 누나의 시신을 태워서 강에 뿌린 후에 미련 없이 그곳을 떠났다.

第一章

악방봉뢰(惡傍逢雷)

―죄지은 자 옆에 있다가 벼락을 맞는다

쾌도비(快刀飛)는 삼 년 동안 천하를 떠돌다가 십팔 세 때 운남성(雲南省)의 성도인 곤명(昆明)으로 흘러들었다.

누나가 죽은 후에 누나의 두 번째 유언인 오른 손목에 흑청사 뱀 문신이 있는 자를 찾으려고 장강 이남 지역을 떠돌다가 이곳까지 오게 된 것이다.

두 달 전 그가 무창에 있을 때 누군가에게서 오른 손목에 흑청사 문신이 있는 자를 곤명에서 본 적이 있다는 말을 듣자마자 곧장 이곳으로 왔다.

쾌도비는 곤명에 도착한 날부터 닷새 동안 성내를 샅샅이 뒤지면서 수소문을 했으나 흑청사 문신에 대한 별다른 정보를 얻지 못했다.

몇 푼 되지 않은 여비가 바닥난 그는 장기전을 펼치기로 마음먹고 엿새째 날에 뇌도방(雷刀幇)이라는 방파의 하급무사로 들어갔다.

그의 무술은 일급 방파의 당주(堂主) 정도 실력은 되고도 남아서 변방이나 마찬가지인 곤명의 뇌도방 하급무사로 들어가는 것쯤은 땅 짚고 헤엄치는 것보다 쉬운 일이다.

누나가 죽은 이후 혼자가 되어 보낸 삼 년 동안의 경험으로 봤을 때 어느 지역에 가서 흑청사 문신을 찾으려면 방파에 소속되어 있는 것이 가장 편했다.

어느 방파든지 무사들에게 녹봉(祿俸)을 지급한다. 비록 액수는 적지만 그 돈으로 한 달 동안 먹고 자는 생활비로 쓰고 남는 돈으로 흑청사 문신을 한 자를 찾으러 돌아다니는 여비로 쓸 수 있다.

쾌도비의 사명은 오른 손목에 흑청사 문신을 한 자를 찾아서 죽이는 것이다.

그 일이 끝난 다음에 무엇을 할 것인지는 아직 생각해 본 적도 없다.

*　　　*　　　*

쏴아아…….

운남성은 우기(雨期)로 접어든 탓에 하루에도 몇 차례나 날이 갰다가 비가 오기를 거듭했다.

쾌도비는 곤명에 온 지 벌써 두 달이 지났다. 그는 열흘 만에 얻은 이번 휴일을 곤명에서 남쪽으로 오십여 리 떨어진 진녕현(晉寧縣)에서 흑청사 문신을 찾는 일로 다 보내고 서둘러서 곤명으로 돌아오는 길이다.

운남성에는 곤명을 비롯한 두세 개의 현을 제외하면 번화한 현이 그다지 많지 않다.

다만 지역이 넓어서 현과 현 사이의 거리가 매우 멀다. 곤명에서 가장 가까운 현이 진녕현이라서 제일 먼저 그곳부터 샅샅이 뒤졌으나 아무런 소득도 없었다. 예상했던 일이라서 실망하지는 않았다.

아침 일찍 진녕현에 갈 때만 해도 구름 한 점 없이 맑았었는데 돌아가는 길에 장대비가 쏟아지고 있다.

곤명과 진녕현 사이에는 전지(滇池)라는 길쭉한 모양의 호수가 있다.

전지의 북쪽 끝에 곤명이 있으며, 서남쪽 끝에 진녕현이 마치 매달린 것처럼 있다.

중원에는 이 정도 크기의 호수가 셀 수도 없이 많지만, 중원보다 평균 삼천 척 이상 높은 고지대인 운남성에서는 남북 오십 리 길이의 전지가 가장 큰 호수다.

또한 중원의 호수들이 대부분 평지에 있는 것에 반해서 전지는 산악지대에 있다.

쾌도비는 경공술을 전개하여 준마가 최고 속도로 달리는 정도의 속도로 달리고 있는 중이다.

그 나이 소년들에 비해서 머리 하나 정도 키가 더 크고 늘씬한 체격의 그는 현재 그가 소속된 뇌도방 하급무사의 복장을 하고 있다.

짙은 청색의 경장이며 왼쪽 가슴에 한 자루 흰색의 도와 세로로 '뇌도(雷刀)'라는 방파의 이름이 수놓아져 있다.

왼쪽 어깨에는 한 자루 평범한 도가 메어져 있으며 뇌도방에서 지급된 무기다.

그는 매우 강인한 용모를 지녔다. 이목구비가 뚜렷하고 특히 짙은 눈썹과 우뚝한 코, 두툼한 입술이 어린 나이에도 호걸의 기상을 엿보이게 했다.

그로서는 서둘 필요는 없다. 이 정도 속도면 진녕현에서 곤명까지 반 시진이면 충분하나.

앞으로 곤명은 십여 리 정도 남았으므로 넉넉잡아 반각이면 도착할 수 있다.

그래도 진녕현에서 곤명까지는 관도가 잘 닦여 있는 편이

어서 달리는 데 불편함이 없다.

조금만 더 가면 전지에서 가장 풍광이 수려하다는 낙조대(落照臺)가 나올 것이다.

같은 조(組)의 동료 하급무사에게 진녕현 가는 길을 물었더니 쾌도비가 휴일에 구경이라도 가는 줄 알고 가는 길에 전지의 어디가 경치가 좋고 어떤 주루 요리가 맛있다든지 쓸데없는 소리를 잔뜩 늘어놓았었다. 쾌도비는 말이 많은 인간은 질색이다.

쾌도비는 진녕현으로 갈 때도 낙조대 쪽을 쳐다보지도 않았었다. 그는 경치 같은 것에는 관심이 없다. 그의 관심사는 세 가지뿐이다.

생존하는 것과 강해지는 것, 그리고 흑청사 문신을 찾아내서 죽이는 일이다.

그가 달려가고 있는 관도 전방이 우측으로 크게 굽어지고 있는 것이 보였다. 이쯤에 굽은 길이 있다는 것을 그는 똑똑하게 기억한다. 한 번 보면 절대 잊지 않는 기억력 덕분이다. 저기만 돌면 낙조대가 나오고 거기를 지나면 곤명은 금방이다.

휘익—

관도 안쪽에 바짝 붙어서 굽어진 길을 속도를 줄이지 않은 채 돌던 그는 한순간 움찔 놀라면서 급히 오른 발끝으로 땅을 박차며 허공으로 솟구쳤다.

관도 안쪽에서 무성한 나뭇가지들이 관도 쪽으로 뻗어 나와 전방의 시야를 가렸으며, 급격하게 굽어진 길이라서 마차한 대가 뒷모습을 보인 상태로 멈춰 있다는 사실을 그 직전에 가서야 겨우 발견한 것이다.

그는 원래 마음먹고 제대로 하면 선 자리에서 약 일 장(약 3.3m)쯤 뛰어오를 수 있지만 지금은 갑작스러운 상황이라서 여덟 척 정도 도약하여 아슬아슬하게 마차 위에 올라설 수 있었다.

척!

장대비가 퍼붓고 있는 관도 상에 마차가 멈춰 있다는 것은 뭔가 평범하지 않은 일이다.

마차 지붕을 몇 걸음 걸어서 앞쪽으로 향하던 쾌도비는 지붕 끄트머리에 걸음을 멈추고 앞쪽과 주위를 둘러보다가 슬쩍 눈살을 찌푸렸다.

마차를 끌던 두 필의 말은 무참하게 목이 반쯤 잘려서 죽어 있었으며, 그 주위에는 두 명의 소녀와 두 명의 중년인이 여기서기 쓰러진 상태로 죽어 있는 광경이다.

두 소녀는 하녀 복장의 옷을 입었고 두 중년인은 경장 차림인데 손에 도를 움켜쥔 채 죽었다. 일견하기에도 마차가 누군가의 습격을 당한 것 같았다.

네 명이 죽어가면서 피를 많이 흘렸을 텐데 비에 다 씻겨서 흔적조차 없다.

그렇지만 쾌도비는 눈 아래에 펼쳐진 끔찍한 광경을 보면서도 아무렇지도 않은 얼굴이다.

그는 비록 십팔 세 어린 나이지만 천하를 유랑하면서 가장 밑바닥에서 온갖 험난한 생활을 해왔었기 때문에 시체나 사람이 죽는 광경을 질리도록 봤다.

그는 마차에서 훌쩍 가볍게 뛰어내린 후에 혹시 마차 안에 사람이 없는지 살펴보았다.

금칠홍장을 한 매우 화려한 마차다. 예전에 북경에서 반년 동안 머물 때 고관대작이나 왕족들이 이런 마차를 타고 다니는 것을 가끔 본 적이 있었다.

문이 활짝 열려 있는 마차 안에는 아무도 없었다. 최고급의 비단 이불과 보료가 어지럽게 흩어져 있으며, 나지막한 청옥 탁자가 뒤집혀진 광경이다.

문득 마차 안의 어지럽혀진 이불 아래에 감춰져 있는 듯한 뭔가 반짝이는 것이 그의 눈에 띄었다.

끄트머리만 살짝 이불 밖으로 삐져나온 그 물건을 집어보니까 뜻밖에도 칼이었다.

일직선이 아니라 약간 휘어졌으며 한쪽에만 날이 있는 것으로 봐서는 도(刀)가 분명했다.

그런데 전체적으로 푸르스름한 청색의 기운을 띠었으며 길이는 보통 도의 절반 정도밖에 안 되는 두 뼘 남짓이었고 도신이나 도파에 아무런 장식이나 문양도 없으며, 더구나 도신과 도파를 구분하는 칼코등이가 없었다.

얼핏 보기에는 그저 평범한 칼, 그것도 단도(短刀)에 가까운 형태고 모양이었으나 쾌도비는 웬일인지 이 칼에 강렬한 매력을 느꼈다.

뭐라고 설명할 수는 없지만 누가 이 칼을 지니고 있는 것을 봤다면 그 사람을 죽여서라도 내 것으로 만들고 싶을 정도로 욕심이 생겼다.

특히 칼 전체에 푸르스름한 기운이 서려 있는 것이 강하게 마음을 잡아끌었다.

원래 그는 남의 물건을 탐내는 사람이 아니다. 그가 양심적이고 정직해서가 아니다.

지금껏 살아오면서 꼭 필요한 경우에는 남의 물건을 훔치기도 했었고 힘으로 뺏기도 했었다.

그는 일단 칼을 마차 안 바닥에 놓여 있는 붉은 비단헝겊에 싸서 품속에 살 살부리했다.

마차가 습격을 당하고 네 사람이 죽은 일은 그하고는 아무 상관이 없는 일이라서 미련 없이 몸을 돌려 다시 경공을 전개했다.

"찾았다! 여기에 숨어 있다!"

그런데 그때 관도 맞은편 숲 안쪽에서 누군가의 외침이 터지자 쾌도비는 뚝 신형을 멈추었다가 반사적으로 외침이 들려온 곳을 향해 달려갔다.

철이 들면서부터 지금까지 누나와 그가 신념처럼 지켜오고 있는 한 가지 규칙이 있다.

절대로 남의 일에 참견하지 않는다는 것이다. 그리고 실제 지금껏 그렇게 살아왔었다.

어쩌면 지금 그의 행동은 마음에 쏙 드는 칼을 얻은 것에 대한 그 나름의 보상일 수도 있다.

만약 칼의 주인이 위기에 처해 있는 상황이라면 그를 도와주고 정정당당하게 칼을 내 것으로 만들겠다는 속셈인지도 모른다.

물론 이미 그의 품속에 갈무리한 칼을 주인에게 보여주면서 구해준 대가로 달라는 식의 멍청한 짓은 하지 않을 것이다. 다만 그의 마음속으로만 떳떳하고 싶다는 생각이다.

차차차창!

관도에서 꽤 멀리 백오십여 장이나 들어온 울창한 숲 속에서 치열한 싸움이 벌어지고 있었다.

숲 속의 작은 공터에서 한 명의 황의를 입은 짧은 수염의 사십대 중년인이 여섯 명의 적을 상대로 수중의 도를 맹렬하게 휘두르고 있었다.

그리고 그의 뒤쪽에는 하얀 얼굴에 비단 화의를 입은 소녀가 손으로 중년인의 옷자락을 꼭 붙잡은 채 겁에 질린 표정을 짓고 있었다.

황의 중년인의 실력은 매우 출중했으나 전면과 좌우에서 집중적으로 공격하는 여섯 명의 공격을 혼자서 막아내기에는 힘에 겨웠다.

황의 중년인을 공격하는 여섯 명의 적은 모두 흑의 경장을 입었으며 검을 사용하고 있었다.

통상적으로 검은 도보다 한 뼘 이상 길고 가벼워서 공격용으로는 제격이다.

특히 검술에 숙달하면 급소를 정확하게 찌를 수 있어서 암살이나 습격에는 탁월하다.

반면에 약간 휘어지고 한쪽에만 날이 있으며 검보다 세 배 이상 무거운 도는 힘을 위주로 하는 무기다.

거리에서 껄렁대는 하오문(下午門)이나 하급무사들이 주로 도를 사용하는 이유는 별다른 기술을 익히지 않더라도 힘으로써 위력을 발휘하기 때문이다.

더구나 검이 제대로 도하고 맞부딪치면 맥을 못 추고 부러지고 만다. 그래서 도는 마구잡이 싸움에서 최고의 무기로 손꼽힌다.

그렇지만 검술을 조금이라도 제대로 배운 사람에게 걸리면 도는 신기할 만큼 맥없이 무너지고 만다. 그것이 마구잡이 도의 한계다.

그러나 그 한계를 뛰어넘는 좋은 도법을 배우게 되면 도는 검과 대등하거나 더 탁월한 능력을 발휘하게 된다.

그러므로 결국 도와 검은 사용하는 사람의 실력이 어떤가에 달려 있는 것이다.

지금 도를 사용하고 있는 황의 중년인은 꽤나 훌륭한 도법을 구사하고 있으며, 동작 하나하나만 보더라도 강호의 일류고수 중에서도 상급에 속한다는 것을 짐작할 수 있다.

하지만 여섯 명의 흑의인도 하나같이 일류고수 이상의 실력자들이다.

"큭……."

그때 갑자기 황의 중년인이 답답한 신음을 흘렸다. 그는 자신의 오른쪽 옆구리에 깊숙이 꽂힌 검을 도를 후려쳐서 부러뜨렸다.

쨍!

그는 노련한 인물이라서 지금처럼 일격을 당했을 때가 제일 위험하다는 사실을 잘 알고 있다. 그래서 지금까지보다 더욱 맹렬하게 도법을 구사하여 위기를 틈타서 공격하려는 흑의인들을 오히려 물러나게 만들었다.

그렇지만 황의 중년인은 거기까지가 한계다. 순간적으로 힘을 발휘했을지는 모르지만, 옆구리에 부러진 검을 깊숙이 꽂은 상태에서는 힘을 끌어올릴 수가 없어서 실력이 여태까지의 절반으로 뚝 떨어졌다.

차차차창!

여섯 명의 흑의인은 서둘지 않았다. 그들은 이런 식의 싸움에 능란한지 세 명은 공격을 하고 다른 세 명은 방어를 하면서 황의 중년인을 농락했다.

"감(坎) 대장! 뭐하고 있는 거야? 어서 저놈들을 죽이란 말이야!"

그때 황의 중년인의 옷자락을 붙잡고 뒤에 숨어 있는 소녀가 날카롭게 신경질적으로 외쳤다.

그녀는 황의 중년인이 옆구리에 부러진 검이 꽂혀 있는 것을 보고서도 그의 안위를 걱정하기보다는 빨리 적을 죽이라고 성화를 했다.

쾌도비는 나무 뒤에 몸을 숨기고 한동안 그들의 싸움을 지켜보았다.

한눈에도 소녀를 보호한 상태에서 싸우고 있는 황의 중년인이 현격하게 열세에 처해 있음을 알 수 있다. 더구나 옆구리에 심각한 일검까지 당했으니 길어봐야 열 호흡 안에 죽거나 더 큰 중상을 입고 주저앉을 것이다.

하지만 쾌도비는 자신이 나서서 소녀와 황의 중년인을 돕고 싶지는 않았다.

그가 봤을 때 황의 중년인은 그보다 한 수 아래의 실력이다. 하지만 그가 저 싸움에 끼어든다고 해도 상황이 썩 좋아질 것 같지는 않았다.

그는 흑의인 네 명 정도를 감당할 수 있을 것이다. 그리고 부상당한 황의 중년인이 나머지 두 명을 감당한다면 팽팽한 싸움이 될 것이다.

하지만 쾌도비가 합세를 해서도 여섯 명의 적의 수를 줄이지 못한다면 시간이 지남에 따라서 이쪽이 훨씬 불리해질 것이 분명하다.

황의 중년인은 갈수록 힘겨워하다가 끝내는 주저앉게 될 테고, 그럼 쾌도비 혼자서 적 여섯 명과 철없어 보이는 소녀까지 감당을 해야 한다.

그런 위험천만한 짓은 절대로 하지 않는다. 그는 언제나 이기는 싸움만 해왔기 때문이다.

모험이나 객기는 절대로 부리지 않는다. 그것이 목숨을 보존하고 오래 살아남는 길이다. 지금이라고 예외는 없다. 이기지 않는 싸움은 하지 않는다.

설혹 황의 중년인과 소녀가 죽는다고 해도 끝까지 지켜보기만 할 것이다.

쾌도비가 숨어 있는 곳은 황의 중년인과 소녀의 왼쪽에서 오 장쯤 떨어진 숲 속이다. 공터 가장자리에서는 채 일 장도 되지 않는다.

좀 더 가까이 접근할 수도 있다. 그의 짧은 인생 전부가 있으면서도 없는 듯이 살았기 때문에 어딘가 귀신도 모르게 접근하거나 추호의 기척도 내지 않고 숨어 있는 것만큼은 타의 추종을 불허할 정도로 잘한다.

하지만 그는 이 싸움에 끼어들지 않을 생각이므로 더 가까이 갈 필요가 없다.

황의 중년인과 소녀의 뒤쪽은 계곡이다. 그렇다고 깎아지른 낭떠러지 같은 것은 아니다.

콰차차창!

"우욱……!"

그때 갑자기 흑의인들이 맹렬하게 공격을 퍼붓자 황의 중년인은 당황하여 뒤로 물러나면서 미친 듯이 도를 휘둘러 방어하다가 흰 순간 동작이 무뎌졌다.

파팍!

"크윽……."

그 순간을 놓치지 않고 흑의인들이 맹공격을 퍼부어 황의 중년인의 가슴과 복부를 찌르고 베었다.

　황의 중년인은 가슴을 부여잡고 뒤로 물러나다가 소녀와 부딪쳤다.

　"아아… 아앗!"

　소녀의 작고 가냘픈 몸이 뒤로 기우뚱하더니 그대로 계곡 아래로 굴러떨어졌다.

　그 순간 쾌도비는 더 이상 민첩할 수 없을 정도의 빠른 동작으로 숲을 빠져나와 계곡 아래로 몸을 던졌다.

　계곡은 그렇게 가파르지 않았으나 예상외로 매우 깊었다.

　꼭대기에서 계곡 아래에 흐르고 있는 계류까지의 거리가 칠십여 장이나 됐다.

　쾌도비가 나는 듯이 순식간에 계류에 이르렀을 때 삼 장 위에서 소녀가 굴러떨어지고 있었다.

　그녀는 추락하면서 여러 차례 나무에 부딪치는 충격으로 혼절한 상태였다.

　퍽!

　그는 미리 두 팔을 활짝 벌리고 오른발을 뒤로 뻗어 잔뜩 힘을 준 상태로 대기하고 있다가 떨어지는 소녀를 힘껏 부둥켜안았다.

　소녀는 비록 가녀린 몸이지만 높은 곳에서 빠르게 추락했기 때문에 천 근 이상의 무게감을 지니고 있어서 소녀를 안는 순간 충돌의 여파로 가슴이 뻐근함을 느끼면서 세 걸음쯤 물러났다.

그는 재빨리 계곡 위를 올려다보았다. 삼십여 장쯤 위에서 여섯 명의 흑의인이 빠르게 달려 내려오고 있는 광경이 보였다.

만약 장대처럼 내리는 빗줄기가 아니었으면, 흑의인들은 소녀를 안고 서 있는 쾌도비를 발견했을지도 모른다. 아니, 어쩌면 이미 발견했을 수도 있다.

그는 급히 자세를 낮추면서 주위를 둘러보았으나 몇 개의 커다란 바위만 듬성듬성 놓여 있을 뿐 숨을 만한 곳이 없다.

계류에 시선을 주는 순간 그는 그곳밖에 숨을 곳이 없다고 판단하여 소녀를 안은 채 곧장 계류로 뛰어들었다.

다행히 지금 내리고 있는 비로 계류의 물이 많이 불었고 또 급류를 형성하고 있었으며 탁했다.

그는 물속에 가라앉으면서 중심을 잡기도 전에 거센 물살에 휩쓸려 떠내려가기 시작했다.

눈식간에 십여 상쯤 떠내려가면서 오른손을 허우적거리다가 손에 잡히는 바위 모서리를 힘껏 움켜잡고 버텼다.

그리고는 서둘러 깊은 수심의 어느 바위 뒤로 다가가 소녀를 안은 채 최대한 몸을 낮추고 웅크렸다.

아무리 비 때문에 물이 불고 탁해졌다고 해도 계류가 워낙 깨끗한 탓에 수심 일 장 남짓 바위 뒤에 웅크리고 있는 그의 모습이 흐릿하게 보였다.

스치고 지나면서 보면 모르겠지만 작정하고 자세히 들여다보면 들킬 수도 있다는 얘기다.

물속에서 자리를 잡자마자 쾌도비는 눈을 똑바로 뜨고 물 밖을 주시했다.

양쪽에 바위들이 가려져 있고 수심이 깊다 보니까 물 밖을 내다볼 수 있는 시계(視界)가 매우 좁았다.

잠시 후 상류 쪽 계류 가장자리로 흑의인들의 모습이 나타났다가 순식간에 사라졌다.

그러나 아무리 빠른 움직임이라고 해도 쾌도비의 눈을 벗어날 수는 없다.

그는 세 명의 흑의인이 하류 쪽으로 나는 듯이 달려가는 것을 분명히 봤다.

소녀가 계류에 빠져서 하류로 떠내려갔을지도 모른다고 생각한 모양이다.

그리고 잠시 후에 나머지 세 명의 흑의인이 나타났는데 그들은 계류를 세밀하게 살피면서 천천히 하류로 내려가고 있었다.

물속에 있는 쾌도비가 내다볼 수 있는 시계가 좁은데도 불구하고 그들은 매우 꼼꼼히 물속까지 뚫어지게 주시하면서 천천히 이동하고 있었다.

이윽고 첫 번째 흑의인이 쾌도비하고 일직선상까지 다가와서 그가 숨어 있는 곳 옆쪽의 바위 밑을 살피기 시작했다.

그때 쾌도비의 품속에 안겨 있는 소녀가 작게 꿈틀거리더니 갑자기 몸부림치기 시작했다.

혼절에서 깨어나 숨이 막히니까 결사적으로 허우적거리는 것이 분명했다.

그는 다급히 소녀의 입을 손으로 틀어막았다. 하지만 흑의인에게서 시선을 떼지 않았다.

소녀의 몸부림이 더욱 거세졌다. 죽기 살기로 발버둥치는 사람의 힘은 가히 초인적이다.

그렇더라도 쾌도비가 감당하는 것은 문제가 되지 않지만, 조금의 움직임이라도 있으면 곤란하다.

물속의 물체는 죄다 붙박여 있는 것뿐라서 전혀 움직임이 없는데 그중에서 하나가 약간이라도 움직임을 보인다면 즉시 발견당하게 된다.

그는 새빨리 고개를 숙이고 사신의 입술로 소녀의 입술을 덮었다.

그리고는 충분한 숨을 불어넣어 주었다. 숨이 막혀서 발버둥을 치는 것이니까 그것을 해소시켜 주려는 것이다.

그러자 소녀는 마치 배고파서 죽기 직전의 아기가 어미의 젖을 빠는 것처럼 결사적으로 그의 입을 빨아댔다. 젖이 그런 것처럼 그렇게 하면 공기가 더 나올 것이라고 생각하는 모양이다.

그러면서 자연히 소녀의 발버둥이 멈췄다. 그와 동시에 계류 가장자리의 흑의인이 쾌도비와 소녀가 웅크리고 있는 물속을 뚫어지게 주시했다.

그때 소녀가 눈을 떴다. 그리고는 자신이 입을 맞추고 있는 상대를 발견하고는 놀라서 눈을 동그랗게 뜨더니 입술을 떼면서 그에게서 벗어나려고 발버둥을 치기 시작했다.

쾌도비는 즉시 손으로 그녀의 입을 막고 얼굴을 잡고 강제로 돌려서 물 밖의 흑의인을 보게 해주었다.

소녀의 두 눈이 방금 쾌도비를 발견했을 때보다 더 커지고 얼굴 가득 놀라움이 떠올랐다.

그녀는 조금 전에 자신이 어떤 상황이었는지를 기억해 내고 바르르 작은 몸을 떨었다.

그녀의 마지막 기억은 계곡 아래로 빠르게 굴러떨어지다가 나무에 호되게 부딪쳤던 일이다. 그리고 정신을 차렸을 때 지금 이런 상황이 돼버렸다.

그녀가 눈을 커다랗게 뜨고 지켜보는 가운데 흑의인 두 명이 지나가고 마지막 세 번째 흑의인이 계류 가장자리로 걸어가면서 물속을 자세히 살폈다.

그런데 세 번째 흑의인은 걸음을 멈추더니 쾌도비가 숨어 있는 물속을 뚫어지게 주시했다.

겁이 난 소녀는 흑의인과 눈이 마주칠까 봐 급히 눈을 감아 버렸다.

쾌도비는 만약 발각된다면 소녀를 놓아서 계류에 떠내려가게 한 후에 흑의인들이 그녀를 쫓을 때 자신은 이곳을 빠져나간다는 임기응변의 계획을 세웠다.

자신하고 아무런 상관도 없는 소녀를 위해서 목숨을 버리는 일은 전혀 그답지 않은 일이다.

살아남기 위해서라면 이보다 더 지독한 짓도 서슴지 않고 할 수 있으며 실제로 그렇게 살아왔었다.

중요한 사실은 자신이 살려고 소녀를 버리는 일이 전혀 남자답지 못하다거나 비겁하다는 사실을 그는 모르고 있다는 것이다.

배운 적이 없었다. 아니, 알고 싶지도 않다. 나 이외의 다른 사람을 챙기는 것을 생각할 겨를도 없었던 그의 삶이 그처럼 팍팍했던 것이나.

그런데 그가 소녀를 버려야 할 일은 벌어지지 않았다. 세 번째 흑의인은 다시 걸음을 옮기더니 곧 그의 시선에서 사라졌다.

그때 소녀가 갑자기 눈을 뜨더니 상체를 뒤채면서 자신의 입술을 쾌도비의 입술에 밀착시키고 빨아댔다. 다시 숨이 차기 시작한 것이다.

하지만 쾌도비도 물속에 오래 있었으며 조금 전에 그녀에게 한 차례 공기를 주입했던 터라서 그녀에게 줄 공기가 더 이상 남아 있지 않았다.

그는 숨을 쉬지 않고 물속에서 일각까지 버틸 수 있으며 귀식대법(龜息大法)을 펼칠 수도 있다. 그는 떠돌면서 여러 가지 잡술(雜術)을 꽤 많이 터득했다.

하지만 평범한 인간에 다름 아닌 소녀는 전혀 그렇지 못하다. 그녀는 결사적으로 그의 입술과 혀를 빨아대지만 공기가 나오지 않자 입술을 떼고 허우적거리면서 수면으로 솟아오르려고 몸부림쳤다.

그러나 쾌도비의 완강한 팔 힘에서 벗어날 수는 없었다. 그녀는 쇠사슬이 자신의 몸을 칭칭 감고 있는 느낌을 받았다. 너무 다급한 나머지 그녀가 입을 크게 벌리자 물이 콸콸 쏟아져 들어갔다.

쾌도비는 이대로 놔둔다면 그녀가 질식해서 죽을 것이라고 생각했다.

최악의 경우에는 그래도 상관없지만 흑의인들이 지나갔기 때문에 구태여 그럴 필요는 없다. 다만 조심을 기하면 그녀를 살릴 수 있을 것이다.

그는 더 이상 물이 쏟아져 들어가지 않게, 그리고 물 밖에 나갔을 때 그녀가 숨을 들이켜면서 큰 소리를 내거나 비명을 지르지 못하도록 입을 틀어막고 슬며시 수면으로 머리를 내밀었다.

소녀는 입이 막힌 터라 결사적으로 코를 벌름거리면서 눈을 부릅뜨고 숨을 몰아쉬었다.

쾌도비는 머리를 내밀자마자 숨을 쉬는 한편 재빨리 하류 쪽 계류 가장자리를 쳐다보았다.

크고 작은 여러 바위 때문에 시야가 많이 가려져 있기는 하지만 흑의인은 한 명도 보이지 않았다. 하류로 내려간 것 같았다.

그래도 그는 잠시 더 그대로 있다가 이윽고 물 밖으로 머리만 내놓은 상태에서 계류 가장자리로 나아갔다.

계류를 나오자마자 그는 하류 쪽에 흑의인들이 보이지 않는다는 것을 다시 한 번 확인한 후에 상류로 조금 달리다가 아까 소녀가 굴러떨어졌던 계곡 위를 향해 나는 듯이 달려 올라갔다.

소녀를 품에 안고 한 손으로 입을 막고 있으나 평지를 달리는 것처럼 단숨에 꼭대기에 이르렀다.

이어서 숲을 빠져나와 관도로 나섰다. 쾌도비의 계산으로는 마차가 있던 곳을 훨씬 지나쳤다.

쏴아아…….

장대비는 여전히 억수같이 퍼붓고 있었다. 그제야 그는 품속의 소녀를 굽어보다가 가볍게 눈살을 찌푸렸다. 소녀가 혼절하여 축 늘어져 있었던 것이다.

품에 안은 채로 고개를 숙여서 살펴보니까 약하게 숨을 쉬고 있었다.

계곡에서 구르면서 나무에 부딪치고, 물속에서 숨을 제대로 쉬지 못했으며, 지금 같은 겨울철에 오랫동안 물속에 있었으니 혼절하는 것도 무리는 아니다.

쾌도비는 잠시 어떻게 할까 생각했다. 소녀를 숲 속 깊숙한 곳 눈에 안 띄는 은밀한 장소에 눕혀놓고 그냥 가버릴 것인가 아니면 데려갈 것인가를 생각하는 것이다.

문득 소녀의 안색이 파랗게 변하고 있는 것이 눈에 띄었다. 물속에 너무 오래 있었으며 또 비가 오고 있어서 체온이 떨어지고 있었던 것이다.

이대로 숲에 내버려 두고 가면 소녀는 오래지 않아서 얼어죽을 것이다. 그것은 간접적인 살인이다.

쾌도비는 남의 일에 상관은 하지 않지만 자신이 일단 개입을 했고 또 자기 품 안에서 죽어가고 있는 사람을 내버릴 정도로 무책임하지는 않다.

자신의 목숨이 위협을 받는 상황이라면 모르지만 지금은 그런 위험도 없으므로 일단 소녀를 안전한 장소로 옮겨야겠다고 생각했다.

第二章

묘서동처(猫鼠同處)
—고양이와 쥐가 함께 있다

곤명 외곽을 흐르는 당랑천(螳螂川) 가에는 형편이 좋지 않은 사람들이 모여 살고 있다.

고만고만한 서민의 집들이 당랑천 가에 서너 줄을 이루어 계딱지처럼 길게 줄지어 늘어선 광경이다.

쾌도비가 세 들어 있는 집은 당랑천 가장자리에 있는 이 층 집이다.

창을 열면 당랑천이 한눈에 굽어보이고 저 멀리 전지의 풍경도 보인다.

쾌도비가 이 집을 택한 이유는 자신의 방이 있는 이 층으로 오르는 계단이 바깥에 있어서 주인집의 간섭을 받지 않고 자유롭게 출입할 수 있기 때문이다.

주소옥(朱素玉)은 오래전에 정신을 차렸으나 눈을 뜨는 것이 너무나 힘들어서 사력을 다해서 눈을 뜨려고 애쓰는 중이다.

그녀는 눈을 뜨지 못해서 사물을 보지 못하기 때문에 지금이 어떤 상황인지 전혀 알 수 없었다. 그래서 어쩌면 자신이 죽었을지도 모른다는 생각마저 들었다.

사람이란 눈으로 뭔가를 보고 확인을 하지 못하면, 더구나 그녀처럼 오랜 혼절에서 깨어난 상태라면 자신의 생사조차도 느낄 수가 없다.

더구나 몹시 괴로웠다. 머리가 깨질 것 같고 몽롱했으며 마치 펄펄 끓는 뜨거운 물속에 들어가 있는 것처럼 더웠다. 그래서인지 말은커녕 신음조차 나오지 않았다.

그렇기 때문에 그녀는 시간이 지날수록 자신이 이미 죽었을 것이라고, 그래서 암흑 같은 저승을 헤매고 있는 것이라는 생각이 점점 굳어졌다.

그러는 와중에 어떤 기억이 되살아났다. 마차를 타고 전지에 산책을 나왔다가 괴한들에게 습격을 당했으며, 호위무사들과 시녀들이 죽고 감 대장이 그녀를 안고 도망쳐서 숨어 있다가 괴한들에게 발각되어 싸웠던 일.

그리고 계곡 아래로 굴러떨어졌으며 물속에서 생면부지의 낯선 사내의 품에 안긴 상태에서 그와 입맞춤을 했던 것과 잠시 후에 질식해서 죽을 것 같아 발버둥을 치던 중에 그 사내에게 안겨서 물 밖으로 나왔는데, 입이 막힌 상태에서 결사적으로 숨을 쉬다가 정신이 몽롱해졌던 것이 마지막 기억으로 남아 있다.

'그때 나는 죽은 것인가?

눈이 떠지지도 않고 말도 할 수 없으며 몸이 조금도 움직여지지 않는 상태에 머리마저 깨질 것처럼 아픈 지금 이 상황을 '죽음'이라고 밖에는 해석하기가 어려웠다.

그런데 그때 무슨 소리가 들렸다. 그것은 아이들이 시끄럽게 떠드는 소리다.

그것뿐만이 아니라 무엇을 사라고 소리를 지르는 어른의 고함 소리도 들렸다.

일단 귀가 열리자 여러 종류의 소리가 한꺼번에 와르르 쏟아져 들어왔다.

'나는… 죽지 않았을지도 몰라…….'

주소옥은 혼절했다가 다시 깨어났다. 도대체 언제 무엇 때문에 혼절했는지도 모른다. 깨어나 보니까 자신이 혼절했었다는 사실을 알게 되었다.

여전히 눈이 떠지지 않았으며 몸은커녕 손가락조차 움직여지지 않았다.

더구나 아까 혼절하기 전에 들었던 여러 종류의 소리가 지금은 하나도 들리지 않았다.

귀가 잘못된 것인지 아니면 아무 소리도 나지 않는 것인지 모를 일이다.

또다시 그 상태에서 꽤 오랜 시간이 흘렀다. 그녀는 평소에 매우 활달하고 직설적이며 과감한 성격인데 이런 식으로 있자니까 제 성질을 이기지 못해서 견딜 수가 없었다.

그녀는 두 번째 정신을 차리고 나서 눈을 떠야겠다고 판단하여 필사적으로 노력한 끝에 결국 어느 순간 번쩍 눈이 떠졌다.

"……."

뭔가 보였다. 그러나 보이는 것이 중요한 게 아니다. 자신이 죽지 않고 살아 있다는 사실이 더 중요했다. 눈에 뭔가 보인다는 것은 살아 있는 증거라고 생각했다.

그런데 지금 그녀의 눈에 보이는 것이 무엇인지 아무리 눈을 끔뻑거리면서 자세히 봐도 알 수가 없다. 저렇게 생긴 것은 생전 본 적이 없었다.

이곳은 쾌도비의 방이다. 지금 그녀가 보고 있는 것은 천장인데, 나무가 무질서하게 얼기설기 얽혀 있고 거미줄이 잔뜩

쳐져 있으니 그게 뭔지 모를 수밖에 없다. 그녀는 생전 저런 광경을 본 적이 없었다.

고개를 돌리려고 했으나 꼼짝도 하지 않아서 눈동자만 이리저리 굴려보는데 보이는 것은 지저분한 천장뿐이다.

'어떻게 된 거지? 그놈이 날 이런 곳에 내버려 둔 거야? 도대체 그놈은 어디에 있는 거지?'

아무리 용을 써봐도 눈동자를 굴리는 것 외에는 아무것도 할 수가 없다. 그녀는 자신을 품에 안고 물속에 있었던, 그리고 입맞춤을 했던 사내가 자신을 이곳에 데리고 온 것이라 추측했다.

눈조차 뜨지 못했을 때에는 눈만 뜰 수 있으면 더 바랄 것이 없었는데, 막상 눈을 뜨자 움직이지도 말을 하지도 못하는 것이 답답하기 짝이 없었다.

끼이…….

그때 갑자기 옆쪽에서 무슨 소리가 들려서 그녀는 화들짝 놀라 간이 떨어질 뻔했다.

그런 소리는 한 번도 들어본 적이 없었지만 문이 열리는 소리일 것이라고 직감했다. 그렇다면 누군가 이곳에 들어왔다는 뜻이다.

그렇지만 잠시가 지나도록 아무런 기척이 없다. 발걸음 소리나 숨소리도 들리지 않아서 조금 전에 들었던 소리가 착각이라고 여겨졌다.

'앗!'

그때 갑자기 그녀의 눈앞 한 뼘쯤에 한 사람의 모습이 불쑥 나타나는 바람에 그녀는 소스라치게 놀라 속으로 비명을 터뜨렸다.

사색으로 질려 버린 그녀의 얼굴 위에 나타난 사람의 얼굴이 바로 그 사내라는 사실을 깨달은 것은 그로부터 잠시가 지나서였다. 그만큼 기절초풍할 정도로 놀랐던 것이다.

그녀는 눈을 크게 뜨고 쾌도비를 바라보는데 놀라움이 가시지 않아서 눈동자가 쉴 새 없이 흔들렸다.

또한 그녀는 악을 쓰면서 고함을 치고 있으나 한마디도 말이 돼서 입 밖으로 나가지 않았다.

쾌도비는 물끄러미 그녀를 굽어보다가 중얼거리듯이 낮은 목소리로 말했다.

"이제 정신이 들었느냐?"

중저음의 묵직하면서도 청아한 목소리였다. 더구나 그는 대뜸 하대를 했다. 주소옥은 부모를 비롯하여 극소수의 집안 어른을 제외하고는 이느 누구에게도 하대를 들어본 적이 없었나.

다시 말해서 그녀 주변의 거의 모든 사람은 다 아랫사람이라는 것이다.

하지만 지금은 이 버릇없는 놈이 하대를 하는 것이 중요한

게 아니다.

도대체 여기가 어디고 이놈이 무엇 때문에 그녀를 이곳에 데려다놓았는지가 궁금했다.

어쩌면 이놈은 그녀를 공격했던 흑의인들하고 한패일지도 모른다.

아니, 그것은 아닌 것 같다. 한패라면 그녀를 안고 흑의인들을 피해서 물속에 숨지는 않았을 것이다.

"집이 어디냐?"

쾌도비가 다시 물었으나 말을 하지 못하는 주소옥은 답답하기만 했다.

그녀는 문득 쾌도비의 얼굴에 귀찮아하는 기색이 스치는 것을 발견했다.

"집이 어딘지 말하면 데려다주겠다."

그 말에 주소옥은 그가 흑의인들과 한패가 아니라는 사실을 확인했다.

쾌도비는 잠시 기다렸다가 물었다.

"말을 못하는 것이냐?"

주소옥은 눈을 깜빡거렸다. 그녀 딴에는 그 최소한의 동작이 그렇다는 뜻이다.

다행히 쾌도비는 그것을 알아보았다. 하지만 수많은 질문을 하여 그녀가 눈을 깜빡이는 것으로 답답한 문답(問答)을 하는 수고는 하지 않았다.

슥…….

그는 손을 뻗어 주소옥의 이마와 뺨을 만져보고 나서 중얼거렸다.

"아직도 열이 많군."

그 말을 듣고 주소옥은 자신이 지독한 감기에 걸렸다는 사실을 깨달았다.

그래서 머리가 깨질 것 같고 온몸에 힘이 하나도 없으며, 목이 붓고 잠겨서 말을 못하는 것이었다.

그리고는 그녀의 시야에서 쾌도비의 모습이 사라졌고 곧 문이 열렸다가 닫히는 소리가 들렸다. 그리고는 죽음 같은 정적이 흘렀다.

주소옥은 그가 가버린 것이 아닐까 점점 초조함이 극에 달했다. 그러나 잠시 후에 그가 다시 들어오는 기척과 물소리가 들렸다.

확—

그러더니 쾌도비는 주소옥의 몸에 덮여 있던 이불을 단번에 걷어냈다.

순간 그녀는 온몸이 서늘한 것을 느끼고 자신이 혹시 발가벗고 있는 게 아닐까 하는 생각이 들었다.

그녀의 짐작은 곧 적중했다. 쾌도비가 찬물에 적신 물수건으로 그녀의 몸을 닦기 시작하자 물수건이 닿는 곳마다 싸늘한 기운이 느껴졌다. 만약 그녀가 옷을 입고 있다면 이런 느낌이 느껴질 리가 없다.

쾌도비는 물수건이 냉기를 잃으면 다시 찬물에 적셨으며 두 차례 더 찬물을 떠 와서 묵묵히 그녀의 몸을 닦았다.

주소옥은 유각서주(有脚書廚), 즉 걸어 다니는 서재라고 불릴 정도로 박식해서 내로라는 대학자들을 다 눈 아래로 보고 있다.

뿐만 아니라 공부를 하는 것이 너무 좋아서 이것저것 닥치는 대로 읽다 보니까 수많은 의술서(醫術書)에도 통달하여 곤명의 명의들조차도 모르는 것이 있으면 그녀에게 자문을 구하러 오곤 했었다.

그러므로 자신이 걸린 감기를 어떻게 치료해야 하는지 훤하게 꿰고 있다.

약재가 있으면 간단하게 치료되겠지만 그렇지 못할 경우에는 지금 같은 방법이 좋다.

감기는 여러 증상이 있지만 지금처럼 몸에 열이 날 때는 무조건 열을 식혀야 한다.

여타 적당한 도구가 없을 때에는 찬물에 적신 물수건으로 온몸을 문지르는 방법도 그중 하나다. 즉, 이 낯선 사내는 치료를 제대로 하고 있는 것이다.

그러나 지금 문제는 그게 아니다. 이름도 모르는 생면부지의 사내가 천만금보다 더 귀하고 소중한 그녀를 벌거벗기고 온몸 구석구석을 물수건으로 꼼꼼하게 닦고 있다는 사실이 중요하다.

열일곱 살이 되도록 목욕을 담당하는 시녀 외에는 아무에게도 내보인 적이 없는 옥체거늘, 이 사내는 얼굴에서부터 젖가슴, 아랫배, 은밀한 곳에서 발끝까지 거침없이 물수건으로 문질러 댔다.

'이… 이놈!'

주소옥은 분노가 머리 꼭대기까지 치밀었으나 지금으로썬 어쩔 도리가 없다.

그저 두 눈에서 분노와 치욕의 눈물만 방울방울 흘러내릴 뿐이다.

그녀의 심정이 어떻든 쾌도비는 그녀의 몸을 뒤집어서 엎드린 자세를 취하게 하고는 등과 둔부 쪽마저 닦아준 후에야 몸을 똑바로 눕혀서 이불을 덮어주었다.

그는 주소옥이 소리 없이 눈물을 흘리는 것을 봤지만 개의치 않았다.

너무 분노하고 수치스러워서였을까, 주소옥은 이불을 덮자마자 다시 혼절하고 말았다.

쾌도비는 짧은 점심 식사 시간을 이용하여 집에 와서 주소옥의 상태를 살피고 몸을 닦아준 후에 서둘러 뇌도방으로 돌아가는 길이다.

물론 그 덕분에 점심 식사를 하지 못했으나 그다지 허기를 느끼지 않았다.

예전에는 밥을 먹는 날보다 굶는 날이 더 많았으므로 며칠쯤 굶는 것은 대수롭지 않다.

그보다는 집에 있는 소녀를 빨리 내보내야 하는데 감기가 들어서 열이 펄펄 끓고 말도 못하는 것을 내쫓을 수는 없고 여간 성가신 게 아니다.

그가 세 들어 살고 있는 집에서 뇌도방까지는 빨리 걸으면 반각이면 도착한다.

이제 곤명을 떠날 때가 다 되어가고 있다. 지난 두 달 동안 가까운 현들은 네 군데만 남겨놓고 다 살펴보았으며 삼백 리 이상의 먼 곳 두 군데가 남았다.

그곳에 다녀오려면 며칠이 소요될 테니 뇌도방을 그만두는 것이 좋을 것 같다.

그동안 그는 뇌도방에서 성실하게 근무했으며 약간의 좋은 성과도 올렸기 때문에 휴가를 청하면 허락하겠지만 그렇게까지 할 필요는 없다.

그만두고 홀가분하게 나머지 현들을 둘러보고 나서 다음

목적지로 떠나면 그만이다.

뇌도방으로 돌아온 쾌도비가 직속 상전인 조장에게 그만 두겠다고 말했더니 잠시 후에 향주(香主)가 그를 불러 단도직입적으로 물었다.

"왜 그만두려는 것이냐?"

"다녀올 곳이 있소."

뇌도방에는 두 개의 당(堂)이 있으며, 한 개의 당 휘하에는 세 개의 향(香)이, 그리고 각 향 밑에는 다섯 개씩의 조(組)가 포진되어 있다.

한 개 조의 조원은 열 명으로 구성되었고, 향주 직속 수하가 이십 명 있으므로 향주는 칠십 명의 수하를 거느리고 있는 것이다.

뇌도방에는 여섯 개의 향이 있으니 그것만도 사백이십여 명이고, 당주와 방주의 직속 수하가 꽤 있으므로 모두 합치면 오백여 명에 육박한다. 그 정도면 곤명에서 세 손가락 안에 꼽히는 규모다.

"휴가를 줄 테니까 다녀와라."

향주가 휘하에 칠십 명이나 있는 일개 하급조원을 직접 불러서 대화를 하는 경우는 흔하지 않은 일이다.

"오래 걸릴 것이오."

십팔 세인 새파란 쾌도비가 삼십육 세인 향주에게 제대로 예를 갖추지도 않고 또 건방진 말투를 구사해도 향주는 개의치 않았다. 그가 오만무례하다는 사실을 잘 알고 있기 때문이다.

사실 쾌도비는 두 달 만에 뇌도방 내에서 가장 유명한 존재가 되었다.

현재 뇌도방 내에서 가장 실력 있고 유능한 조원을 한 명 꼽으라면 어느 누구라도 선뜻 쾌도비를 추천할 것이다.

또한 뇌도방 내에서 가장 건방지고 과묵한 사람을 꼽으라고 해도 주저하지 않고 쾌도비를 가리킬 것이다.

쾌도비는 여러 면에서 꽤나 유명한 존재다. 하지만 그것은 그가 원해서 그렇게 된 것이 아니라 단지 자신의 할 일만 묵묵히 했을 뿐인데 결과가 그렇게 돼버렸다.

문제는 그의 성격 때문인데 맡은 일을 절대로 대강대강 하지 못해서이다.

그것은 누나의 가르침이었다. 처음부터 아예 하지 않으면 모르되 일단 시작을 했으면 끝장을 보고 완벽하게 하라고 누나는 입이 닳도록 말했었다.

누나의 가르침이 아니더라도 쾌도비는 원래부터 일을 흐지부지 처리하는 것이 성미에 맞지 않는다.

그리고 그가 뇌도방에서 맡은 일을 단 하나도 실패하지 않고 모두 완벽하게 처리하고 해결한 가장 큰 이유가 있다. 그에게 맡겨진 일이라는 것들이 지나치게 쉽고 간단하기 때문이었다.

세상의 쓴맛 단맛 두루 겪어보고, 철이 들기도 전부터 천하를 유랑하면서 해보지 않은 일이 없었던 그에게 뇌도방의 일이라는 것들은 땅 짚고 헤엄치는 것보다 쉬웠다.

그는 뇌도방에 들어와서 처음에는 그저 자신에게 주어진 일만 묵묵히 했었다.

그런데 무엇을 맡기든 어떤 일거리를 주든 척척 해치우니까 그다음에는 다른 조에서 해결하지 못하고 골머리를 썩는 일거리들이 맡겨졌다.

그것들 역시 일사천리로 다 처리해 버렸다. 한 번 보면 죽어도 잊어버리지 않는 기억력과 뛰어난 총명함, 그리고 거리의 수많은 스승에게서 배우고 터득한 온갖 임기응변에 협잡, 사기, 권모술수로 무장된 그에게 어렵고 불가능한 일거리란 존재하지 않았다.

결국 나중에는 향주가 직접 쾌도비를 불러서 일을 맡기게 되었고, 두 달째에 접어들어서는 딩주가 친히 그를 부르는 일도 잦아졌다.

그는 자신에게 주어진 일들을 묵묵히 처리했으며, 그때마다 짭짤한 수고비와 포상금이 주어졌다.

그리고 그 돈은 흑청사 문신을 한 자를 찾으려고 여기저기 돌아다니는 여비로 썼다.

이런 상황이니 향주가 쾌도비 같은 복덩어리를 순순히 놔 주겠는가.

쾌도비가 소속되어 있는 조의 조장이나 향주, 당주는 여태 껏 이처럼 일처리가 능숙하고 훌륭한 조원, 아니, 무사를 본 적이 없었다.

쾌도비가 한 번 일을 처리하고 해결할 때마다 막대한 수입 이 들어오고, 따라서 그때마다 조장이나 향주, 당주에게도 수 고비와 포상금, 그리고 은밀한 수입이 뒤따르기 때문에, 쾌도 비가 뇌도방을 그만둔다는 것은 그들의 그런 수입이 끊어진 다는 뜻이다.

만약 쾌도비가 이 자리에서 계속 뇌도방을 그만두겠다고 고집을 부린다면 당주까지 달려올 것이고 나중에는 뇌도방주 가 그를 불러 직접 설득할 것이 분명하다.

"오래 얼마나?"

향주는 속이 타는지 입술에 침을 묻혔다.

"한 달 정도."

대답을 하는 쾌도비는 슬슬 귀찮아졌다.

"좋아! 한 달 휴가를 주지!"

향주는 큰 인심을 쓰듯 손바닥으로 탁자를 쳤다. 그러면서 속으로 안도의 한숨을 내쉬었다.

“휴가비도 주겠다! 은자 오십 냥이면 되겠느냐?”

지금까지 쾌도비가 해결해 주고 뇌도방에 벌어다 준 돈이
은자로 치면 대략 이십만 냥쯤 될 것이다. 두뇌 회전이 귀신
같은 그가 그 정도 계산을 못할 리 없다.

그리고 그가 그동안 수고비와 포상금으로 받았던 돈을 다
합쳐봐야 은자 삼백 냥 정도니까 그야말로 코 묻은 돈이고 새
발의 피다.

거기에 오십 냥을 더 얹어주면서 생색은 있는 대로 다 내고
있는 향주다.

“왜 웃느냐?”

가소롭다는 생각에 쾌도비의 입가에 엷은 비웃음이 떠오
르자 향주는 설마 그것이 비웃음이라고 생각하지 못했다. 다
만 이 괴팍한 놈이 휴가비로 은자 오십 냥을 준다니까 제 딴
에는 좋아서 웃는 것이라고 생각했다.

“알겠소.”

쾌도비는 빨리 이 쓸데없는 얘기를 끝내고 일어서야겠다
고 생각했다.

주겠다는 휴가비니까 받을 건 받고, 한 달 휴가를 주겠다면
그것도 마다하지 않는다.

다만 휴가를 떠나서 돌아오지 않으면 그만이다. 뇌도방 따

위에는 터럭만큼도 흥미가 없다.

"하하하! 잘 생각했다!"

향주는 탁자 맞은편에서 일어서고 있는 쾌도비에게 다가와서 흡족하게 웃으며 어깨를 두드렸다.

"그래. 언제부터 쉴 테냐?"

실제로 붙으면 한주먹 거리도 되지 않을 향주는 거드름을 피면서 자꾸 어깨를 두드렸다.

"열흘 후부터."

열흘 후가 녹봉을 받는 날이다. 하급조원의 녹봉이라고 해봐야 은자 열닷 냥이지만 자신의 몫인데 챙길 건 챙기는 것이 좋다.

열흘 동안 곤명 인근의 네 군데 현을 둘러보고 이후 녹봉과 휴가비를 챙겨서 이곳을 뜨면 된다.

일과를 끝내고 어두컴컴해서 집에 돌아온 쾌도비는 예상하지 못했던 상황과 마주쳤다.

주소옥이 침상 위에 책상다리를 하고 차분하게 앉아서 방으로 들어서는 그를 말끄러미 바라보고 있는 것이다.

더구나 옷까지 다 입고 있다. 그녀가 입었던 옷은 젖은 채 방구석 벽에 걸어두었는데 그동안 다 말랐다.

정오 때까지만 해도 침상에 누워서 눈만 깜빡거리고 말도 못했던 그녀라고는 믿기 어려웠다.

그러나 쾌도비는 얼굴 표정 하나 변하지 않고 등 뒤로 문을 닫고 어깨의 도를 풀어서 탁자에 내려놓았다.

"네 이름이 뭐냐?"

주소옥은 그를 주시하며 차가운 얼굴로 물었다. 함부로 하대를 하는 건방진 말투지만 쾌도비는 개의치 않았다. 자신도 남들에게 그렇게 대하기 때문이다.

"쾌도비."

"쾌도비? 그게 이름이냐?"

쾌도비는 대꾸하지 않았다. 그의 이상한 이름 때문에 가는 곳마다 원하지 않는 일들이 벌어지곤 했지만 그는 무시함으로써 그 상황을 넘기는 방법을 배웠다.

"무엇을 하는 자냐?"

주소옥이 또 물었다. 상전이 아랫것에게 하문하는 듯한 오만한 자세다.

쾌도비는 그녀 앞에 우뚝 서서 대답하지 않았다. 묻는 것마다 일일이 대답할 정도로 그는 자상한 성격이 아니다.

"결을 수 있느냐?"

대답하는 대신 그가 물었다.

"그렇다."

지기 싫어하는 성미인 주소옥은 꼿꼿하게 대답했다.

그러자 쾌도비가 문을 가리켰다.

"그렇다면 네 갈 곳으로 가라."

주소옥은 어이없는 표정을 지었다. 그녀는 지금까지 수많은 사람을 만나봤었지만 이런 사람은 생전 처음 봤다.

위험에 빠진 사람을 구해준 일은 칭찬과 보상을 받아야 마땅한 일이다.

더구나 주소옥의 부친은 굉장한 인물이라서 장중주(掌中珠)인 딸을 구해준 사람에게 큰 상금을 내리고 그가 원한다면 큰 벼슬도 줄 수 있다.

그런데 쾌도비는 대가를 바라기는커녕 귀찮다는 듯 주소옥에게 어서 꺼지라고 축객을 하고 있는 것이다.

주소옥은 할 말을 잃고 도대체 이 사람은 어떻게 돼먹은 인간인가 생각하며 말끄러미 바라보았다.

그러다가 문득 그녀의 시선이 그의 왼쪽 가슴에 머물렀다. 그곳에는 동그란 원형 안에 흰색의 도가 그려져 있고 또한 세로로 '뇌도' 라는 글이 수놓아져 있었다.

슥…….

그때 쾌도비가 손을 뻗어 그녀의 팔을 잡고 완강하게 문 쪽으로 끌었다.

"어서 가라."

그 바람에 그녀는 침상에서 끌려내려 발을 바닥에 댔으나 그대로 나뒹굴었다.

쿵…….

"아……."

아까 옷을 찾아서 입을 때에도 부들부들 떨리는 다리를 부여잡고 반 시진에 걸쳐서 겨우 입었었다.

아직 감기가 낫지 않은 데다 하루 종일 아무것도 먹지 않아서 온전한 몸 상태가 아닌 주소옥은 안색이 해쓱해져서 바닥에 앉은 채 원망하듯 쾌도비를 올려다보았다.

그러다가 그가 눈살을 찌푸리며 귀찮아하는 표정을 짓고 있는 것을 발견하고 자존심이 확 상했다. 만인에게 떠받들여지기만 했던 그녀를 이 사내는 몹시 귀찮은 존재로 여기고 있는 것이다.

'이놈…….'

그때 쾌도비가 몸을 숙여 그녀를 가볍게 달랑 일으키더니 등에 업고 가타부타 말없이 밖으로 나갔다.

"아앗!"

주소옥은 몸부림쳤으나 워낙 힘이 없어서 그저 작게 몸을 흔드는 동작으로 그쳤다.

쾌도비는 그녀를 업고 계단을 내려가 거리로 나섰다.

"집이 어느 쪽이냐?"

"이놈… 감히 나를……."

그녀는 너무 분해서 손톱을 세워 그의 얼굴을 할퀴었다.

쾌도비는 그녀의 두 손을 잡고 약간 힘을 주면서 떼어냈다.

"한 번 더 이러면 땅바닥에 패대기쳐 주겠다."

주소옥은 아무 말도 하지 않고 가만히 있었다. 그를 오래 그리고 깊이 겪어보지는 않았으나 그가 그렇게 말한다면 그러고도 남을 사람이라고 생각했다.

"이번에도 대답하지 않으면 여기에 버리고 가겠다. 집이 어느 쪽이냐?"

"저… 쪽."

주소옥은 한쪽 방향을 가리켰다.

주소옥은 기운이 없어서 쾌도비의 어깨에 뺨을 묻은 채 눈을 감고 있었다.

그래서 그녀는 거리에 많은 군사와 화려한 옷차림의 호위무사가 깔려 있으며 이리저리 바쁘게 오가는 광경을 보지 못했다.

사실 그들은 주소옥을 찾기 위해서 동분서주하는 사람들이지만 쾌도비는 번거로운 것이 싫어서 골목을 이용하여 빠르게 달려갔다.

오늘 아침에도 그가 뇌도방에 출근할 때 평소에는 없었던 많은 군사와 무사들이 누군가를 찾는 듯 바삐 움직이는 광경을 봤었다.

그때는 몰랐었는데 이제 주소옥을 집에 데려다주려고 가다 보니까 얼핏 떠오르는 게 있다. 혹시 저들이 그녀를 찾고 있는 것이 아닌가 하는 것이다.

쾌도비는 처음부터 주소옥이 평범한 집안의 소녀가 아니라는 것을 관도에 멈춰 있던 마차나 입고 있는 복장을 보고 짐작했었다.

그렇다면 지금 그가 주소옥을 업은 상태에서 저들의 눈에 띄든가, 아니면 쾌도비 스스로 다가가서 주소옥을 건네주면 일은 간단하게 끝나는 것처럼 보일는지도 모른다.

하지만 저들이 쾌도비를 순순히 놓아줄 리가 없다. 그가 주소옥을 구해준 것은 맞지만 그것만으로 일이 끝나는 게 아니기 때문이다.

필경 함께 가자고 할 것이며, 따라가면 신분이 뭐고 곤명에는 무슨 일로 왔느냐는 등 골치 아픈 일이 한둘이 아닐 것이다.

더구나 소갈머리 없는 주소옥이 이것저것 구실로 삼아 그를 골탕 먹이려 들 수도 있다.

그런저런 것들을 생각해 보면 이대로 집 근처에 데려다주고 돌아오는 것이 상책이다.

주소옥은 아까 쾌도비의 얼굴을 할퀴고 나서 미안한 마음이 들어 잠잠해졌다.

그의 얼굴을 할퀼 때 손에 느껴지는 감각으로 미루어 상처가 났을 텐데 그가 아픈 시늉이나 거기에 대해서 별말이 없는 것을 보고 조금 안도했다.

또한 그의 등에 업혀 있는 것이 매우 미묘한 감정을 불러일으켰다.

그녀의 기억으로는 지금껏 누군가에게 업혀보거나 안겨본 적이 없었다.

아기였을 때는 부모나 유모에게 그래 봤겠지만 기억이 나지 않는다.

그러므로 그녀가 기억하는 한 누군가에게 안기고 또 업히는 것은 쾌도비가 처음이다.

언뜻 보기에 그는 키가 크고 마른 듯한 체구였는데 막상 업혀보니까 어깨와 등이 매우 넓었다. 그리고 따뜻했으며 편안한 느낌이 들었다.

또한 그녀가 기억하기로는 이렇게 편안한 느낌이었던 적도 없었던 것 같았다.

쾌도비의 커다란 두 손이 그녀의 둔부를 받치고, 그녀의 봉긋한 가슴과 몸의 앞부분은 그의 등에 온전히 하나인 듯 밀착되었다.

그때 쾌도비가 걸음을 멈추었다가 급히 뒷걸음질 쳤다. 어느 골목에서 거리로 나가려다가 전방의 그 무엇인가를 발견했기 때문이다.

골목 밖 폭넓은 거리의 맞은편에는 거대한 전문이 버티고 있으며 활짝 열려 있는 전문 앞에는 대낮처럼 환한 불이 밝혀져 있고 많은 사람이 모여서 웅성거리거나 드나들고 있었다.

쾌도비의 시선이 이끌리듯 전문 위 현판으로 향했다. 거기에는 날아갈 듯이 용비봉무한 필체로 '남령부(南令府)'라고 적혀 있었다.

남령부가 무얼 하는 곳인지는 모르겠으나 전문이나 그 앞에 진을 치고 있는 사람들을 보니까 그 위세를 대충 짐작할 수 있을 것 같았다.

또한 '府'라는 것은 방파에서도 사용하지만 주로 관부(官府)에서 많이 사용하고 있다.

쾌도비는 자세를 낮추고 주소옥을 내려주었다.

"여기서부터는 혼자 가라."

주소옥은 그가 집 안까지 함께 들어갈 줄 알았다가 깜짝 놀랐다. 그러나 갑자기 내려주는 바람에 휘청거리면서 손으로 벽을 짚었다.

그리고 그때 그녀는 보았다. 쾌도비의 양쪽 뺨에 서너 줄기의 가늘고 긴 생채기가 나 있는 것을. 그것은 아까 그녀가 손톱으로 할퀸 자국이었다.

저 정도 상처라면 매우 쓰라렸을 텐데도 그는 거기에 대해서는 한마디도 하지 않았다. 그래서 주소옥은 미안한 마음이 들었다.

그때 쾌도비가 말없이 돌아서서 골목 안쪽으로 걸어가자 그녀는 깜짝 놀라서 그를 불렀다.

"쾌도비."

그러나 그는 뒤돌아보지도 멈추지도 않고 계속 골목 안으로 걸어 들어갔다.

주소옥은 왠지 조바심이 났다. 그를 붙잡아야 한다는 생각이 들었다.

"나와 함께 우리 집에 들어가면 아버님께서 큰 상금을 주실 거야."

큰 상금도 쾌도비를 멈추게 하지 못했다.

그러는 사이에 골목 안 깊숙이 들어간 쾌도비의 모습이 어두워서 보이지 않게 되었다.

주소옥은 뭔가 매우 소중한 물건을 잃어버린 것 같은 느낌에 사로잡혔다.

그녀는 컴컴한 골목 안쪽을 잠시 더 바라보다가 몸을 돌려서 비틀거리며 전문을 향해 천천히 걸어갔다.

第三章

전차후옹(前遮後擁)

—수많은 사람이 앞뒤로 보호하여 따른다

집으로 돌아온 쾌도비는 탁자 위에 놓인 촛대에 불을 밝히고 품속에서 푸른빛이 감도는 도를 꺼내 내려놓고는 그 앞에 앉았다.

어제 진녕현에서 돌아오는 길에 주소옥이 탔던 마차 안의 이불 밑에서 발견했던 바로 그 도다.

주소옥은 부친이 상금을 줄 것이라고 말했으나 사실 그는 대가를 이미 받았다.

이 도가 바로 대가인 것이다. 만약 주소옥의 부친이 은자 백만 냥을 줄까 이 도를 줄까 하고 물었다면 그는 추호도 망

설이지 않고 도를 선택했을 것이다. 그 정도로 도가 마음에 들었다.

그는 시간이 나면 도를 다시 한 번 자세히 살펴보고 싶었지만 주소옥이 있는 동안에는 참았었다.

그렇다고 사람들의 눈이 많은 뇌도방에서는 도를 꺼내는 것조차도 꺼렸다.

견물생심이라고 했으니 누군가 이 도를 보면 흑심을 품을 수도 있을 것이라는 생각에서다.

그는 눈을 똑바로 뜨고 도를 이리저리 자세히 살펴보았다. 그러나 처음에 살펴봤을 때하고 별반 색다른 점이 발견되지 않았다.

그렇다고 해도 보면 볼수록 마음에 쏙 드는 도다. 그는 지금까지 살아오면서 살아 있는 것이든 물건이든 이토록 마음을 잡아끄는 것을 대한 적이 없었다.

만약 죽은 누나가 환생해서 도로 태어났다고 하면 이런 느낌일 것이다. 이 도에는 도 이상의 어떤 강한 마력이 깃들어 있었다.

도의 실이를 세밀하게 재보았더니 눈대중으로 봤을 때보다 조금 더 길었다.

도첨에서 도파 끝까지 열다섯 치, 즉 한 자하고도 다섯 치다. 보통의 도가 석 자에서 조금 길거나 짧으니까 이 도는 대충 절반의 길이다.

또한 이 도는 도첨에서 도파까지 하나로 이루어졌다는 점이 특이했다.

보통의 도나 검은 칼날과 손잡이 두 부분으로 나뉘어져 있다. 그래서 도첨 반대쪽을 뾰족하게 해서 슴베로 만들어 도파에 꽂아 넣고 그 위에 칼코등이를 둥글게 씌우는 방법이 대부분이다.

그렇지만 이 도는 슴베도 없고 칼코등이도 없다. 칼코등이가 없으면 상대의 무기하고 맞부딪쳤을 때나 힘겨루기를 할 경우에 그 무기가 칼날을 타고 미끄러져 내려와서 손과 손목을 잘라 버릴 것이다.

그렇더라도 쾌도비는 상관이 없다는 생각이다. 상대의 무기하고 부딪치지 않으면 된다.

그는 세상을 다 가진 듯한 기분으로 입가에 흡족한 미소를 지으며 촛불에 가까이 대고 도를 이리저리 살폈다.

그가 이런 미소를 짓는 경우는 아주 드물다. 평생에 몇 번 있을까 말까 한 일이다.

그런데 한순간 무엇을 발견했는지 그의 눈이 커지면서 칼등에 시선이 고정되었다.

거기에 정말 깨알 같은 글씨가 한 줄로 길게 새겨져 있는 것을 발견한 것이다.

그는 시력이 매우 좋은 편인데도 글씨가 너무 작아서 알아보기가 어려웠다.

'이럴 때 공력이 심후했으면…….'

그는 무술 실력에 비해서 공력이 약하다는 단점을 지니고 있다. 무술은 일류고수 중에서도 상급에 속하는데 공력은 보통의 일류고수 수준이다.

지금 같은 상황에서 공력이 좀 더 높았다면 칼등의 글씨를 쉽게 읽을 수 있을 것이다.

어쨌든 천신만고 끝에 그가 알아낸 칼등의 글씨는 모두 열다섯 자였다.

―천지무쌍쾌(天地無雙快) 고금제일도(古今第一刀) 삼라만상비(森羅萬象飛).

풀이를 하자면, 천지간에 그 무엇과도 비할 바 없이 빠르고, 고금을 통틀어 제일의 도이며, 삼라만상, 즉 우주를 날아다닌다는 뜻이다.

만약 다른 사람이 이 글을 봤다면 평범하게, 아니, 볼품없이 보이기까지 하는 짜리몽땅한 도가 무슨 천지무쌍이고 고금제일인가 하고 너무 가소로워서 배를 움켜잡고 눈물을 흘리면서 비웃었을 것이다.

그렇지만 쾌도비는 다르다. 그는 이 도가 굉장하다는 것을 알아보았기 때문에 과연 도에 걸맞은 글귀라고 감탄하며 고개를 끄덕였다.

좀 더 자세히 보니까 한 줄로 새겨진 글귀의 아래쪽에 세 줄의 긴 홈이 파여 있었다.

고개를 갸웃거리면서 살피고 생각해 봤으나 삼 푼(分) 깊이의 세 줄 홈이 왜 파여 있는 것인지 알 수가 없다.

도의 칼등 폭이 겨우 손톱 절반 정도이니 거기에 열다섯 글자와 세 줄의 홈이 다 들어가 있는 것이라서 그게 뭔지 알아보는 것은 현재로썬 불가능했다.

그는 새삼 신기해서 칼등에 새겨진 열다섯 자의 글을 살피다가 문득 신기한 점을 발견했다.

첫 번째 천지무쌍쾌의 마지막 글자가 '쾌' 이고, 두 번째 고금제일도의 마지막 글자는 '도', 그리고 세 번째 삼라만상의 마지막 글자는 '비' 이다.

그런데 그 세 글자를 합치면 '쾌도비' 그의 이름이 된다는 사실을 깨달은 것이다.

"이럴 수가……."

너무 신기했다. 이것은 그가 억지로 짜 맞춘 것이 아니라 첫 번째 천지무쌍은 '쾌' 를 설명하는 것이다.

그러므로 첫 번째 글귀의 주는 '쾌' 다. 그런 식이면 두 번째와 세 번째의 주는 '도' 와 '비' 인 것이다. 즉, 이 도의 이름은 '쾌도비' 다. 정확하게 그의 이름과 일치했다.

그는 지나치게 흥분하여 어쩔 줄 모르고 일어섰다가 실내를 이리저리 걷기도 하고 두 손바닥을 비비기도 했다.

그의 이름 쾌도비는 누나가 지어주었다. 그렇지만 왜 그런 괴상한 이름을 지어주었느냐고 누나에게 한 번도 따진 적이 없었다.

그는 다시 의자에 앉아서 한참 동안 도를 주시하다가 문득 흡족한 미소를 지었다.

"이제부터 네 이름은 비도쾌(飛刀快)다."

쾌도비를 거꾸로 한 것이다.

*　　　*　　　*

한 달 휴가를 받고 나서 이십삼 일이 지났다.

그동안 쾌도비는 곤명에서의 볼일을 다 끝냈다. 남은 현들을 다 돌아다니며 살피고 수소문해 봤으나 흑청사 문신을 한 자를 찾지도, 그에 대한 정보도 얻지 못했다.

그래서 그는 뇌도방이 귀찮게 하기 전에 오늘 아침에 곤명을 떠나기로 마음먹었다.

누나가 죽은 후에 그가 삼 년여 동안 정처 없이 천하를 떠돌다가 이곳 운남성으로 온 데에는 그럴 만한 이유가 있었다. 운남성이 중원의 가장 남쪽에 위치해 있으니까 이곳에서부터 북상하면서 차근차근 흑청사 문신이 있는 자를 찾아보려는 의도에서다.

챙길 짐 같은 것은 원래부터 없으므로 석 달 가까이 입고 다녔던 뇌도방 하급조원의 복장을 벗고 어제 새로 산 평범한 회의 경장으로 갈아입었다.

며칠 전 곤명에서 서쪽으로 삼백여 리 떨어진 진강현(鎭康縣)이라는 곳에 갔을 때 그곳 병기점(兵器店)에서 비도쾌의 칼집을 하나 만들었다.

보통 칼집은 소가죽이나 뱀가죽으로 만드는데 그는 독특하게 새카만 쇠로 만들었다.

칼집 밖으로 반 뼘쯤 튀어나오는 손잡이 부분은 잘 말린 쇠심줄을 칭칭 감아서 감추었다.

그리고 가죽으로 띠를 만들어서 상의 안쪽으로 가슴에 두르고 그곳에 비도쾌를 찼다.

맨살에 차고 있으므로 거추장스럽거나 살갗에 쓸릴 수도 있을 텐데 오히려 그는 비도쾌와 가죽 띠가 몸의 일부가 된 것처럼 편안한 느낌이 들었다.

그렇게 안에 차고 있으면 다른 사람들 눈에 띄지도 않을뿐더러 유사시에는 품속에 손을 넣기만 하면 뽑아서 사용할 수가 있다.

그가 떠나기 전에 실내를 한 바퀴 둘러보고 있을 때 밖에서 누군가 계단을 올라오는 소리가 들리더니 방문 밖에서 우렁우렁한 목소리를 냈다.

"쾌도비를 만나러 왔소."

쾌도비가 문을 열어보니까 처음 보는 두 명의 경장 무사가 나란히 서 있는데 그중 한 명이 예의를 갖추어서 정중하게 포권을 해보였다.

"귀하가 쾌도비요?"

"그렇소."

"귀하의 임무를 가져왔소."

생면부지의 사내가 느닷없이 임무라니, 그러나 쾌도비는 어디 들어나 보자고 가만히 있었다.

"이곳 곤명에서 귀하신 한 분을 모시고 낙양까지 호위하는 일이오. 녹봉은 은자 백 냥이고 낙양에 도착하면 전 호위무사에게 포상금으로 이백 냥씩을 더 일괄 지불할 것이오."

사내는 쾌도비가 거절할 이유가 없을 것이라는 듯한 표정으로 말을 이었다.

"호위대는 백 명으로 이루어질 것이며 이동하는 동안의 모든 식사와 잠자리, 그 외의 경비를 우리 쪽에서 지급하오."

난데없는 호위무사 일거리라니, 쾌도비가 더 이상 들을 필요가 없어 고개를 저으려는데 이번에는 옆에 있는 사내가 말을 받아서 이었다.

"귀하신 분의 유람을 겸하는 이동이므로 중간에 거치는 성이나 현마다 짧게는 하루, 길게는 사흘씩 묵을 계획이고, 그분의 직접 호위를 맡지 않은 호위무사들에게는 자유시간이 주어지게 될 것이오."

'자유시간' 이라는 말에 쾌도비는 갑자기 구미가 당겼다. 어차피 그는 지금부터 북상하면서 흑청사 문신이 있는 자에 대해서 알아보려고 했었다.

그런데 이들이 말한 일거리라는 것이 공교롭게도 한 사람을 호위하여 이곳 곤명에서 낙양까지 북상하는 것이며, 중간중간에 하루에서 사흘씩 자유시간을 준다고 한다. 그것도 녹봉을 은자 백 냥씩이나 줘가면서 말이다.

더구나 일이 끝나면 일괄적으로 이백 냥을 더 주겠다고 하니 이 호위무사 일거리는 무조건 거절할 것이 아니라 좀 생각해 볼 일이다.

낙양까지 가는 동안 중간중간에 자유시간을 주면 그때마다 흑청사 문신을 찾아보면 될 것이다.

호위해야 하는 사람이 누군지는 궁금하지도 않다. 그는 자신의 할 일만 하면 된다.

"언제 출발하오?"

“내일.”

쾌도비는 가볍게 고개를 끄덕였다.

“하겠소.”

척!

두 사내는 그럴 줄 알았다는 듯이 흐릿한 미소를 짓더니 한 사내가 지니고 있던 봇짐 하나와 헝겊에 감싸인 무기 한 자루를 쾌도비에게 건네주었다.

“이 안에 들어 있는 무사복으로 갈아입고 또 패용(佩用)한 후에 내일 새벽 묘시(卯時:6시경)에 남령부로 집결하시오.”

“남령부?”

“남령부가 어디에 있는지 모르오?”

“아니, 알고 있소.”

할 일이 끝난 두 사내는 그 자리에서 돌아서 계단을 내려갔다가 빠른 걸음으로 거리를 걸어갔다.

‘남령부라……’

쾌도비는 묘한 기분이 들었다. 이십여 일 전에 주소옥을 업어서 데려다준 곳이 남령부였기 때문이다.

다음 날 이른 새벽에 쾌도비는 세 들어 있는 집을 나섰다.

오늘은 남령부에 모여서 바야흐로 낙양까지 장도에 오르는 날이다.

그러나 뇌도방에는 그만둔다고 말하지 않았다. 아직 한 달 휴가가 엿새나 남아 있으니까 휴가가 끝나고 나서도 그가 뇌도방에 나오지 않으면 그만둔 것이라고 자연히 알게 될 터인데 일부러 긁어 부스럼을 만들 필요는 없다.

어제 두 사내가 준 봇짐에는 한 벌의 옷과 손바닥 절반만 한 크기의 붉은색 패(牌) 하나가 들어 있었다.

옷은 제법 고급스러운 옷감으로 만든 황의 경장이고 왼쪽 가슴에 '남령(南令)'이라고 붉은색으로 수놓아졌으며, 패에는 봉황과 '옥위(玉衛)'라는 글이 새겨져 있었다.

말하자면 남령부의 옥처럼 소중한 존재를 호위하는 호위무사를 증명하는 패다. 그는 옥위패를 허리의 괴춤에 찼다.

중요한 것은 두 사내가 주고 간 무기다. 헝겊에 감싸여 있는 무기는 한 자루 도였다.

쾌도비는 철이 들기도 전부터 무술을 배우면서 무기를 다뤘기 때문에 무기에 대해서는 잘 알고 있다.

그런 그가 봤을 때 어제 사내들이 주고 간 한 자루 도는 한마디로 최고라고 할 수 있다.

도에는 여러 등급이 있는데 한눈에도 이 도는 최고등급의 도가 분명했다.

아직 시험해 보지는 않았으나 도를 만든 쇠의 재질은 최상급이 분명했다.

칼날에 거무스름한 기운이 감도는 가운데 복판에는 은은한 붉은색이 띠처럼 드리워져 있다.

또한 손잡이 도파는 황금으로 만들어졌으며, 도파에 박혀 있는 구슬들은 귀한 옥이나 보석이었다.

강호에서는 장식용으로 도파에 구슬 따위를 많이 부착하는데 대부분 가짜다.

하지만 경험이 풍부한 쾌도비가 봤을 때 도파에 박혀 있는 여섯 개의 큼직한 구슬은 마노(瑪瑙)와 흑진주(黑眞珠), 묘안석(猫眼石), 호박(琥珀), 야광주(夜光珠), 금강석(金剛石) 같은 것들이었다.

누가 보더라도 눈이 번쩍 뜨일 만큼의 멋진 도다. 이 도 한 자루만 팔아도 최소한 은자 수십만 냥의 값어치가 있을 것이다.

또한 도파에 멋들어진 초서체(草書體)로 '창룡(蒼龍)'이라고 뚜렷이 새겨져 있는 것으로 미루어 이 도의 이름은 창룡도(蒼龍刀)인 듯했다.

하지만 쾌도비는 그런 이름은 들어본 적이 없었다. 그러므로 전설의 무슨 도 같은 것은 아니라고 생각했다.

칼집, 즉 도실(刀室)은 쾌도비로서도 말로만 들었던 금철갑망(金鐵甲蟒)이라는 전설에나 나오는 영물의 껍질로 만든 것 같았다.

그도 실제로 금철갑망을 본 적은 없다. 하도 주워들은 것이 많아서 도실의 무늬와 재질을 살피다가 그렇게 짐작을 한 것이다.

그러나 쾌도비가 더욱 마음에 들어 하는 것은 그딴 보석들이 아니라 칼날을 이루고 있는 쇠의 재질이다. 모르긴 해도 금석(金石)을 두부처럼 벨 것이 틀림없다.

그는 도파가 황금으로 만들어진 것과 거기에 박힌 보석들 때문에 사람들 눈에 많이 띌 것 같아서 우선 급한 대로 도파를 천으로 칭칭 감았다.

집에서 일찍 나왔기 때문에 그는 서두르지 않고 천천히 걸으며 생각에 잠겼다.

호위무사인 이번 일거리는 여러 면에서 께름칙한 면이 있고 또 짚이는 바도 있다.

어제 아침에 불쑥 찾아온 두 사내가 대체 어떻게 쾌도비를 알고 정확하게 찾아왔다는 말인가.

뇌도방에서 그를 추천하지는 않았을 것이다. 뇌도방으로선 쾌도비가 봉인데 정신이 나가지 않고서야 남의 호위무사 같은 일에 내놓을 리가 없다.

또 하나, 무기라고 주고 간 창룡도가 천하의 보도(寶刀)는 아니더라도 매우 훌륭한 도인 것만은 분명하다. 남령부라는 곳에서 백 명이나 되는 호위무사 모두에게 이런 도를 주지는 않았을 것이다. 이것은 쾌도비를 지목해서 준 것이라고 볼 수밖에 없다.

그렇다면 이 호위무사 일거리 뒤에는 주소옥이 있는 것이 틀림없다.

아마도 그녀 딴에는 자신을 구해준 것에 대한 보답을 하고 싶었는지도 모른다.

하지만 그는 무슨 짓을 해서라도 자신의 것으로 만들고 싶은 비도쾌를 이미 허락 없이 대가로 손에 넣었다.

그런데 그 사실을 모르는 것 같은 그녀에게 또다시 훌륭한 도를 받은 것이 좀 찜찜했다.

졸지에 훌륭한 도 두 자루가 생겼다. 물론 창룡도를 비도쾌하고 비교할 수는 없다. 그러나 그것은 순전히 쾌도비 자신의 잣대에 의한 비교다.

그것이 그가 이번 호위무사 일거리를 마지못해서 수락한 또 하나의 이유이기도 하다.

어제 엉겁결에 받은 창룡도에 대해서 그 나름대로 호위무사 일을 수락하여 대가를 치르려는 것이다. 이곳에서 낙양까지 호위무사 일을 성실하게 수행하면 대가를 충분히 치르는 것이라고 생각했다.

어제 남령부에서 왔을 것으로 짐작하는 사내가 말하기를 내일 아침 묘시까지 오라고 했는데, 쾌도비가 남령부에 도착

한 시각은 묘시 반 시진 전인데도 꽤 많은 사람이 운집해 있
었다.

활짝 열려 있는 거대한 전문 안쪽 광장에 모여 있는 사내들
은 모두 쾌도비처럼 황의 경장 차림을 했으며 어깨에는 도검
을 메고 있는데 무기가 제각각이었다.

당연히 쾌도비의 창룡도 같은 훌륭한 무기가 아니고, 남령
부에서 일괄적으로 지급된 도검이 아닌 것만은 틀림없다.

즉, 이들은 남령부로부터 황의 경장과 옥위패만 지급받았
고, 무기를 받은 사람은 쾌도비 혼자뿐이라는 얘기다. 이로써
그의 창룡도는 주소옥이 준 것이 분명해졌다.

묘시가 되기도 전에 남령부의 광장에 정확하게 백 명의 호
위무사가 모두 모여서 여기저기 무리를 이룬 채 웅성거리고
있었다.

쾌도비는 지금까지 수많은 일을 해봤지만 호위무사는 이
번이 처음이다.

실력이 없어서가 아니라 그가 원하지 않았기 때문이다. 호
위무사란 매여 있는 직업이므로 그의 본업인 흑청사 문신을
찾는 일을 할 수가 없다.

그가 운집한 사람들을 한차례 둘러보니까 백 명 모두 어느
정도 이상의 수준급이 분명했다. 거리에서 떠도는 하급무사
는 아니었다.

그는 상대의 자세와 얼굴, 움직임, 표정 등에서 그 사람 특유의 관록이나 실력을 읽어내는 능력을 갖고 있다.

남령부는 이번 호위무사로 어중이떠중이는 한 명도 선발하지 않은 것이다. 그것은 눈이 제대로 박힌 자가 호위무사들을 뽑았다는 뜻이다. 말하자면 이것은 남령부의 수준을 말해주는 것이다.

묘시가 되자 남령부 소속의 화려한 복장의 무사 세 명이 나타나 전각 앞 돌계단 위에 서서 명부(名簿)를 보며 백 명의 호위무사 이름을 한 명씩 호명했다.

이어서 호위무사들의 조를 편성하고 각 조가 맡을 역할을 정해주고 또 설명해 주었다.

백 명이 이십 명씩 다섯 개 조로 나누었으며 쾌도비는 오조(五組)로 후방을 맡았다.

조 편성이 끝나자 남령부의 무사들은 몇 가지 사항을 설명하고 반드시 지켜야 할 것들을 일러주었다.

또한 무사들은 설명 끝에 호위무사들이 앞으로 호위해야 할 분이 누군지에 대해서 말해주었다.

자봉공주(紫鳳公主) 수소복이라고 했다. 대명제국 황제의 친동생인 남령왕(南令王) 주휘광(朱輝廣)의 무남독녀이며 황제의 조카라는 엄청난 신분이다.

호위무사들은 자신들이 공주를 호위하게 되었다는 사실에

크게 흥분하여 술렁거렸다.

　백 명의 호위무사가 남령부에서 제공하는 푸짐한 아침 식
사를 마친 후에 이윽고 남령부 무사들의 지휘에 따라서 출발
준비를 서둘렀다.
　마당에 마차 열 대가 길게 일렬로 늘어섰다.
　선두의 마차가 가장 크고 화려했다. 보통 마차보다 두 배
이상 크고 금칠홍장 화려하기 비길 데 없었으며, 마차의 양쪽
에는 천산자옥(天山紫玉)을 붙여서 그린 한 마리씩의 자색 봉
황, 즉 자봉(紫鳳)이 당장에라도 날아갈 듯한 웅장한 모습을
보이고 있다.
　자봉은 자봉공주를 나타내는 상징이므로 그 마차에 자봉
공주가 탈 것 같았다.
　또한 마차 앞쪽에는 네 필의 피처럼 붉은 적토마(赤土馬)가
묶여 있으며, 눈부신 금의를 입은 두 명의 무사가 마차 옆에
서 있었다.
　그들이 말을 몰게 될 것이다. 또한 그들은 호위무사가 아니
라 남령부에 소속된 왕궁무사(王宮武士)임을 한눈에 알 수 있
다.
　선두 마차 뒤에 늘어선 아홉 대의 마차에는 긴 여행에 필요
한 여러 가지 물건이 실려 있다. 물론 자봉공주 한 사람만을

위한 물건들이다. 그리고 아홉 대의 마차 옆에는 시녀 오십여 명이 서 있었다.

출발 준비를 하는 동안 쾌도비가 속한 호위대는 드넓은 마당의 한쪽 구석으로 밀려서 모여 있었다.

자봉공주를 호위하는 무리는 쾌도비의 호위대만이 아니었다. 남령부 소속 오십 명의 왕궁무사와 남령부의 사병(私兵)이며 왕궁군사인 남령군(南令軍) 삼백 명이 번쩍이는 갑옷을 입고 도검을 찬 모습으로 위풍당당하게 늘어섰다.

설명에 의하면 마차의 선두와 근접 거리는 왕궁무사들이 직접 호위를 하고, 그다음은 남령군이 벽을 이루며, 그 외곽을 호위대가 담당한다는 것이다.

열 대의 마차 주위에는 금의를 입은 왕궁무사 오십 명과 번쩍이는 갑옷에 도검을 찬 남령군 삼백 명이 질서 있게 늘어서 있으며 숨소리조차 새어 나오지 않았다.

그러나 한쪽 구석에 무질서하게 모여 있는 호위대는 두리번거리면서 웅성거리고 있어서 누가 보더라도 오합지졸이란 인상이 강했다.

그때 갑자기 우렁찬 외침이 터섰다.

"남령왕 전하와 왕비님! 자봉공주께서 나오신다! 모두 부복하라!"

호위대 백 명의 시선이 일제히 외침이 터진 쪽으로 쏠렸으며 쾌도비도 예외는 아니다.

저만치 전각에서 십여 명의 왕궁무사의 호위를 받으면서 일남이녀가 나오고 있는 모습이 보였다.

중후한 모습의 오십대 남자와 자상하고 후덕한 용모의 여인, 그리고 십칠팔 세 남짓 소녀이며, 세 사람은 더 이상 화려할 수 없는 옷차림과 보석으로 치장을 한 모습이다. 그들이 바로 남령왕 부부와 자봉공주였다.

쾌도비가 있는 곳에서 두 사람이 있는 곳까지의 거리는 꽤 멀었으나 그는 자봉공주가 자신이 구해주었던 바로 그 소녀라는 것을 한눈에 알아보았다.

쾌도비는 아까 왕궁무사들에게서 자봉공주에 대해서 들었을 때 혹시 자신이 구한 소녀가 자봉공주이지 않을까 잠깐 의심했었으나 그럴 가능성은 희박하다고 생각했다. 그가 겪어본 소녀는 귀한 신분인 것 같기는 했으나 자봉공주까지는 아닐 것 같았다.

그런데 막상 자신이 구해준 소녀가 자봉공주라는 사실을 확인하게 되자 기분이 묘했다.

"무엄하다! 부복하라!"

그때 전각 앞 돌계단 위에서 왕궁무사가 호위대를 보며 꾸짖었다.

그 호통에 마당 주변의 나뭇가지들이 부르르 떨렸으며 지붕의 기왓장이 들썩였다.

그로 미루어 방금 호통 친 왕궁무사의 공력이 매우 심후하다는 것을 짐작할 수 있다.

웅성거리던 호위대 백 명은 깜짝 놀라 일제히 바닥에 납작하게 부복했다.

쾌도비가 부복을 하면서 힐끗 쳐다보니까 마차 주위의 왕궁무사들과 남령군은 이미 모두 부복해 있었다.

쾌도비는 이마를 땅에 댄 자세에서 꼼짝도 하지 않았다. 그뿐만 아니라 모두 미동조차 하지 못했다.

모두들 부복해 있는 동안 남령왕 부부와 자봉공주, 그리고 최측근 왕궁무사들이 마차로 이동했다.

숨소리조차 나지 않는 가운데 옷자락이 끌리고 조용한 발걸음 소리만이 장내를 사붓사붓 울렸다.

쾌도비는 그동안 수많은 경험을 했으나 관부나 왕부(王府)하고는 조금도 인연이 없었다. 그럴 만한 이유가 없었기 때문이다.

그는 부복해 있는 동안 이곳의 장중한 분위기를 통해서 왕과 왕비, 공수의 위엄, 그리고 고귀함을 충분히 실감했나.

그들은 천하를 지배하고 있는 대명제국 황실의 혈통이다. 일반인하고는 근본적으로 다른 하늘의 족속, 즉 천족(天族)인 것이다.

우아하고 나직한 여인의 목소리가 조용히 주위를 자늑자늑 울렸다.

"자봉아. 아무쪼록 건강하여라."

"네, 어머니."

"네 마음에 들지 않는 일이 있더라도 꾹 참으면서……."

"부인."

여인, 즉 왕비의 말을 묵직한 남령왕의 말이 잘랐다.

뒤이어 왕비와 자봉공주가 서로를 안고 나직이 흐느끼는 소리가 잔잔하게 흘렀다.

쾌도비는 자봉공주가 낙양까지 가는 것이 단순한 유람이 아니라 뭔가 사연이 있을 것이라고 추측했다.

왕비의 다 말하지 못한 충고와 두 여자의 흐느낌이 그런 느낌이 들게 했다.

"출발하라."

모녀의 오열 섞인 이별이 길어지는 것 같으니까 남령왕이 출발을 명령했다.

우두두두…….

남령부의 활짝 열린 전문을 통해서 긴 대열이 지축을 울리면서 거리로 빠져나가기 시작했다.

아침이라서 거리에는 오가는 사람이 많지 않았으나 그들

마저도 거리 양쪽으로 물러나서 자봉공주가 탄 마차를 향해 부복하여 절을 올렸다.

행렬은 한 무리를 제외한 전원이 말을 탔다. 열 대의 마차 와 사백오십 기의 인마(人馬), 그리고 삼십 대의 수레가 거리 를 행진하는 광경은 실로 장관을 연출했다.

또한 선두에서 후미 끝까지의 거리가 무려 삼백여 장에 달 했으며 말발굽 소리가 멀리까지 울려 퍼졌다.

맨 앞 선두는 호위대 제일조 이십 명이 맡았다. 그들은 선 두라기보다는 첨병(尖兵)에 가까웠다.

그들의 임무는 혹시 있을지도 모르는 공격이나 기습을 탐 지하는 것이며, 유사시에는 제일 먼저 적들과 싸움을 벌이게 되는 것이다.

호위대 제일조 뒤에 남령군 기마병 백 명이 따르고 있다. 이들은 적이 공격을 해올 시에 충격을 줄이는 완충 역할을 담 당한다.

적의 예봉을 선두의 호위대 제일조가 꺾어버리고, 이후 바 짝 뒤따르는 기마병 백 명이 적을 완전히 섬멸하든가 무력하 게 만든다는 것이다.

기마병 뒤에는 왕궁무사 열다섯 명이 있으며 그 뒤에 비로 소 자봉마차가 따른다.

왕궁무사 오십 명은 전후에 열다섯 명씩 삼십 명, 그리고 좌우에 열 명과 아홉 명, 열아홉 명이 가장 가까운 거리에서 자봉마차를 호위한다.

자봉마차 마부석에서 마차를 몰고 있는 것은 왕궁무사이고 그 옆에 앉아 있는 인물은 남령부 총교(總敎)로서 이 전체 무리의 최고 지휘자다.

자봉마차 좌우에 일렬로 늘어선 왕궁무사 바깥쪽에 남령군 기마병 백 명이 오십 명씩 두 줄로 방어벽을 치고 있으며, 나머지 백 명의 기마병은 자봉마차 후미를 따르는 왕궁무사 이십 명의 뒤쪽을 따르고 있다.

호위대 제이조와 삼조는 자봉마차 좌우의 기마병들 바깥쪽을 오락가락하면서 혹시 있을지 모르는 적의 공격을 미리 간파하는 임무를 맡았다.

자봉마차 뒤를 따르는 왕궁무사와 남령군 기마병 뒤쪽에 비로소 시녀들과 자봉공주가 필요로 하는 물건들을 실은 마차 아홉 대가 행렬을 잇고 있으며, 그 뒤에 삼십 대의 수레가 길게 따르고 있다.

삼십 대의 수레에는 왕궁무사와 남령군, 호위대를 비롯한 사백오십 명과 짐꾼들, 시녀들이 여행 도중에 먹고 자는 데 필요한 물품이 가득 실려 있다.

길을 떠나면 가장 중요한 것이 먹고 자는 것이다. 그러므로 삼십 대의 수레에는 솥이나 그릇 등 밥을 짓는 데 필요한 부정지속(釜鼎之屬)과 천막, 이불, 양식 등이 실려 있다.

자고 일어나서 아침 식사를 해 먹고 출발하여 정오 즈음에 적당한 장소에서 점심을 지어 먹고, 마지막으로 늦은 오후에 야영할 정소에 이르러 저녁을 지어 먹으면 하루의 일과가 끝난다.

호위대 제사조와 쾌도비가 속한 오조는 최후방을 맡았는데, 그러다 보니까 시녀들이 탄 아홉 대의 마차와 짐을 실은 삼십 대의 수레를 호위하는 모양새가 되었다.

왕궁무사와 남령군, 호위대 삼 개 조는 모두 자봉마차를 호위하고 있는데, 호위대 사조와 오조는 쓸데없는 짐 실은 마차와 수레를 호위하게 된 것이다.

第四章

숙호충비(宿虎衝鼻)
—자고 있는 호랑이의 코를 찌른다

　　네 필의 적토마가 끌고 있는 자봉마차하고는 달리 뒤의 아홉 대 마차는 두 필의 평범한 말이 끌고 있으며, 그 뒤 삼십 대의 수레는 각각 소 두 마리가 끌고 있다.

　　그러므로 자봉마차와 그것을 호위하는 무리들에 비해서 짐을 잔뜩 싣고 사람까지 태운 뒤쪽 마차들과 수레들은 속도가 느릴 수밖에 없다.

　　자봉마차와 호위하는 무리가 최대한 천천히 가고 있는데도 뒤쪽 마차들과 수레들은 갈수록 뒤로 쳐졌다.

　　왕궁무사들이 수시로 말을 몰아 뒤쪽으로 달려와서 더 빨리 따라오라고 고함을 쳤으나 마차들과 수레들의 속도는 더 이상 빨라지지 않았다.

호위대 제사조와 오조는 아홉 대의 마차와 삼십 대의 수레 양쪽에 길게 일렬로 늘어서서 천천히 말을 몰고 있다.

천 명의 사람이 있으면 천 개의 성격과 개성이 있다. 그처럼 사람들은 천태만상이라는 것이다.

쾌도비가 속한 제오조 이십 명도 각양각색이다. 아직 조장을 정해주지 않은 탓에 중구난방 저마다 저 잘났다고 떠들면서 자화자찬하고 거들먹거리는 꼴은 천하 어디에 가도 똑같은 광경이다.

쾌도비는 어디에 가서 누구하고 어울려도 될 수 있는 대로 튀는 행동을 하지 않는다. 솟는 못이 망치에 두들겨 맞는다는 사실을 잘 알고 있기 때문이다.

쓸데없는 일에 휘말리지 않으려면 남들 하는 대로 평범하게 행동하는 것이 상책이다.

그는 아홉 대 마차의 후미 쪽을 담당하고 있는데 먼저 말을 걸지 않았는데도 앞에서 가고 있는 호위무사가 뒤돌아보면서 자꾸 말을 걸어왔다.

그는 자신의 이름부터 말하고 나서 이것저것 쉴 새 없이 주절거렸다.

그의 이름은 여운부(呂雲夫)라고 했으며 대대로 곤명에서 살고 있는 곤명 토박이라고 했다.

그가 쾌도비의 이름을 물었으나 빙그레 미소를 지으며 얼버무렸다. 그의 이름은 그다지 알려져 있지 않았으나 혹시 알고 있는 사람이 있어서 골치 아픈 일이 벌어질까 봐 조심하는 것이다.

그래도 여운부는 개의치 않고 자기 할 애기만 신나게 떠벌렸다. 자기가 알고 있는 사실들을 말해주지 않으면 좀이 쑤시는 듯했다.

또한 말을 하면서 가끔씩 첫눈에 쾌도비가 마음에 들었다는 말을 빼놓지 않았다.

쾌도비는 그의 말을 끊지 않고 묵묵히 들었다. 곤명 토박이라면 알고 있는 것이 많을 것이기 때문이다. 이왕 자봉공주의 호위무사를 하는 것이라면 남령부에 대해서 모르는 것보다는 여러모로 알아두는 편이 훨씬 좋다.

과연 여운부는 유익한 정보를 많이 쏟아냈다. 그는 뒤돌아보면서 말하는 것 때문에 목이 아팠는지 아예 속도를 늦춰서 쾌도비하고 나란히 가면서 본격적으로 떠들었다.

그의 말에 의하면 남령왕이 운남성을 터전으로 삼은 이유는 선대 황제의 태자 책봉 때부터 당금 황제에게 미움을 받았기 때문이라고 한다.

다른 형제나 자매, 황족들은 모두 자금성이 있는 북경 근처나 산동성, 강소성, 하남성, 안휘성 등 북경에서 가깝고도 토지가 비옥하며 문물이 번성한 곳에 영지(領地)를 하사받았는데, 형제자매 중에서 유독 남령왕만 변방인 운남성으로 쫓겨났다는 것이다.

이십여 년 전에 운남성으로 처음 왔을 때의 남령왕은 크게 상심하여 날마다 술만 마시면서 세월을 낭비했었는데 그러다가 왕비가 병에 걸려서 죽고 나서는 더욱 폐인이 되었다고 한다.

그러던 중에 남령왕은 한 여인을 만나게 되었는데, 그녀는 바로 예전 운남성을 중심으로 거대한 왕국을 이루어 크게 번성했던 대리국(大理國) 왕의 직계후손, 즉 왕녀인 단사연(段思蓮)이었다.

남령왕은 후처인 단사연을 만나서 재혼을 한 이후에 사람이 크게 변했다.

대리국은 백오십여 년 전에 몽고족 원나라에 의해서 멸망하긴 했으나, 그 이후에도 왕족이었던 단씨 가문은 운남성 일대에서 대단한 세력을 떨치면서 명나라의 손길이 미치지 않는 운남성 일대를 사실상 지배해 왔었다.

그런 단씨 가문의 적통 장녀인 단사연과 혼인을 한 남령왕은 장인이 죽은 이후 단씨 가문의 모든 것을 물려받았다.

곤명을 중심으로 사방 오백여 리가 모두 단씨 가문의 땅이며, 농사와 목축에 이어서 굵직한 사업을 십여 개나 하고 있기 때문에 운남성에서 남령부의 그늘에서 살지 않는 사람이 거의 없을 정도다.

지난 이십여 년 동안 남령왕은 막대한 자금력을 바탕으로 사업을 더욱 확대했으며, 사병을 키우고 강호의 고수를 하나둘씩 불러들여 측근에 두면서 세력을 키우는 데 심혈을 기울였다.

그 결과 현재 남령부의 사병은 십만여 명에 달하며 거느리고 있는 강호고수의 수가 천여 명에 이른다.

혹자들은 남령왕이 변방인 운남성으로 쫓겨난 것에 앙심을 품고 반역을 꾀하려고 사병을 키운다며 수군거리지만 단지 소문일 뿐이다.

어쩌면 남령왕은 대명제국의 손길이 뻗치지 않는 운남성과 그 일대 사방 수천 리를 자신의 왕국으로 건설하려는 꿈을 품고 있는지도 모른다.

＊　　　＊　　　＊

아침에 곤명을 출발한 일행은 신시(申時:오후 4시경) 무렵에 양림해(楊林海)라는 호수에 이르러 멈추었다.

쾌도비는 자봉마차 행렬이 해가 지기에 최소한 곤명에서

오십여 리 거리에 있는 숭명현(嵩明縣)까지는 갈 것이라고 예상했었는데, 숭명현을 이십여 리나 남겨둔 곳에서 멈추어야만 했다.

행렬 후미를 따르고 있는 아홉 대의 마차와 삼십 대의 수레 때문이다.

마차는 그래도 나은 편인데 소가 끄는 수레는 짐을 너무 많이 실은 탓에 전혀 속도가 나지 않았다.

묘시가 되면 야영할 장소를 찾아서 준비를 해야만 한다. 겨울이라서 천막을 치고 밥을 지어서 먹고 나면 날이 어두워지기 때문이다.

짐을 실은 아홉 대의 각 마차에는 네 명씩의 시녀가 타고 있으며, 전체 삼십육 명의 시녀는 오로지 자봉공주 한 사람의 시중만을 든다.

자봉마차에서 내린 자봉공주 주소옥이 함께 자봉마차에 타고 있던 두 명의 측근 시녀와 함께 양림해 호숫가를 거닐면서 산책을 하는 동안 왕궁무사들은 재빨리 능숙한 솜씨로 그녀가 묵을 천막을 쳤다.

능는 원형의 곰 가죽으로 만든 천막이며 지름이 무려 십여 장에 이르렀다.

그뿐 아니라 천막 안 바닥 전체에는 두터운 양탄자가 깔리고, 그 위에 침상과 탁자, 의자 등이 놓이며, 몇 개의 호피 등이 덧깔린다.

그것만 해도 자그마치 마차 네 대 분량이다. 그 거대하고 화려한 천막 안에서 자봉공주와 측근 시녀 두 명, 그렇게 세 사람만 잔다.

왕궁무사들이 천막을 치는 동안 삼십육 명의 시녀는 자봉공주의 저녁 식사를 준비하고 목욕물을 데우며 여러 가지 준비를 서둘렀다.

수레 한 대에도 네 명씩의 일꾼이 맡고 있다. 삼십 대니까 백이십 명이다. 그들이 왕궁무사와 남령군, 호위대, 그리고 자신들과 시녀들 것까지 식사를 준비한다.

그나마 일꾼들에게 다행인 것은, 그날 밤에 묵을 천막은 모든 무사나 군사가 각자 알아서 친다는 것이다.

지휘자 총교의 지휘 아래 모두들 일사불란하게 움직였다. 곤명 토박이 여운부의 말에 의하면 총교는 남령부 내에서 두 번째로 고강하며 예전에 강호에서 대단한 무명(武名)을 날렸다는데 별호까지는 모르고 있었다.

쾌도비가 속한 호위대 제오조는 서쪽의 가장 바깥쪽 외곽에 천막을 쳤다.

자봉공주의 천막이 한복판에 있으며, 그것을 중심으로 다섯 방향에 왕궁무사의 천막 다섯 개가, 그리고 그 바깥쪽에 남령군의 천막 열다섯 개가 쳐졌으며, 그다음에는 시녀들과 일꾼들의 천막이 있고, 가장 바깥쪽에 호위대의 천막이 다섯 방향에 쳐졌다.

말하자면 천막은 신분이 높은 사람일수록 안쪽에 쳐졌다는 뜻이다. 그렇다면 호위대는 이 행렬에서 가장 신분이 낮다는 얘기가 된다.

그렇지만 거기에 대해서 불만을 토로하는 호위무사는 한 명도 없다.

그들은 대부분 닳고 닳은 사람이라서 남령부의 대우가 매우 좋으며 무엇보다도 중요한 녹봉을 다른 곳에 비해서 두 배가 넘는 은자 백 냥이나 지급한다는 사실을 결코 잊지 않았다.

더구나 낙양에 도착하면 일괄적으로 포상금을 은자 이백 냥씩 준다고 하지 않았는가.

저녁 식사는 고깃국에 쌀밥과 푸짐한 여러 가지 요리가 차려졌다. 조원 중에 몇 명은 호위무사 생활을 오래 해봤지만 이렇게 식사를 잘 주는 곳은 처음이라면서 칭찬을 아끼지 않았다.

저녁 식사를 하고 나서 왕궁무사 전령이 각 호위대 천막을 돌면서 총교의 말을 전했다.

유시(酉時:저녁 6시경)부터 호위대 각 조가 한 시진씩 돌아가면서 외곽 순찰경계를 돌라는 것과 각 조의 조장을 조원들이 알아서 선출하라는 것. 그리고 그밖에 몇 가지 자잘한 사항이었다.

오조의 조원들은 출발 직후부터 은연중에 지도력을 과시하고 조원들에게 이래라저래라 지시하면서 대가리 행세를 하던 관백(寬栢)이라는 자를 조장으로 선출했다.

조장 감투를 쓴다고 해서 녹봉을 더 주는 것도 아니라서 대다수 조원은 조장 선출에 적극적이지 않았으며 아무나 하라는 식이었다.

그러나 어딜 가도 꼭 나서려 하고 또 우두머리가 되고 싶어 하는 자들이 있게 마련이다.

관백이 바로 그런 자였고 조원들은 누가 조장이 되도 상관이 없다는 듯 그를 선출했다.

관백이 잠시 천막 밖에 나갔다가 돌아오더니 조장끼리 회의를 했다면서 거드름을 피우며 오조는 맨 마지막 인시부터 묘시까지 순찰경계를 서게 됐다고 통보했다. 굳이 회의를 하지 않았더라도 차례대로 하면 원래 그게 순서다.

조원 전체에게 지급된 이불은 경험이 많은 쾌도비로서도 처음 보는 것이었다.

머리와 사지를 떼어낸 곰 가죽을 통째로 꿰매서 원통형으로 만든 곰 가죽 이불이었다.

그래서 곰 가죽 안에 들어가서 누우면 바닥이 맨땅인데도 전혀 배기지 않고 푹신했으며 잠시 지나니까 후끈거려서 땀이 날 정도로 따뜻했다.

녹봉으로 은자 백 냥씩 지급하는 것도 그렇고, 잔칫상처럼 푸짐한 저녁 식사에 중원에서는 구경조차 해본 적이 없는 곰 가죽 이불까지, 과연 강남 최고 부호인 남령부는 뭐가 달라도 다르다고 조원들은 희희낙락했다.

오조의 천막 안은 꽤나 널찍해서 마음에 맞는 조원들끼리 여기저기 삼삼오오 무리를 지어 곰 가죽 이불을 펴고 자리를 잡았다.

오는 동안 내내 쾌도비에게 이것저것 설명을 해주었던 여운부는 같은 곤명 출신 친구 한 명과 타지에서 온 친구 한 명을 이끌고 쾌도비 옆에 곰 가죽을 깔았다.

밖은 어두워졌으나 아직 초저녁이라서 조원 중에서 자려고 누운 사람은 몇 되지 않았다.

원래 쾌도비는 달리 할 일이 없으면 잠을 자는 것이 습관처럼 몸에 뱄다.

그러나 여운부 친구 하나가 메고 있는 봇짐을 풀더니 술병과 아까 저녁 식사 때 가져온 요리를 안주로 꺼내면서 한잔하자고 히죽거리는 바람에 누우려던 것을 그만두었다.

쾌도비는 혼자 있는 것을 좋아하고 여럿이 어울려서 시시덕거리는 것을 싫어하는 성격이다.

하지만 그렇게 하는 것이 결과적으로 자신에게 손해라는 것을 경험으로 깨달은 후에는 싫더라도 주위 사람들하고 벽을 쌓지 않으려 애쓴다.

그는 여운부와 그의 두 친구와 함께 술을 마시면서 주로 그들의 얘기를 듣기만 했다.

대화 중에 쾌도비는 여운부와 두 친구가 함께 남령부 호위무사 시험을 치렀으며 운 좋게 모두 합격했다는 사실을 알게 되었다.

어느덧 천막 안에서는 여기저기에서 술판이 벌어졌다. 원래 호위무사들은 술을 마시지 못하게 되어 있는데, 그러면 사기가 떨어진다고 해서 조금씩 마시는 것은 눈감아주는 것이 상례다.

쾌도비는 반 시진 정도 술을 마시다가 피곤하다면서 곰 가죽 속으로 들어가 누웠다.

사실 그는 술을 좋아하지 않기 때문에 요령껏 두 잔만 마셨으므로 전혀 취하지 않았다.

*　　　*　　　*

일행은 곤명을 떠난 지 이십 일이 지나서야 귀주성(貴州省)으로 들어섰다.

처음에는 그나마 평원을 지나는 터라서 하루에 삼십 리 정도는 갈 수가 있었다.

그러나 닷새가 지나면서 마침내 평원이 끝나고 험준한 산악지대가 나타나자 거기서부터는 하루에 고작 이십 리밖에 전진하지 못했다.

일행의 발목을 잡은 것은 역시 시녀들의 마차와 짐을 가득 실은 수레들이었다.

그나마 호위대 백 명이 탄 백 필의 말로 아홉 대의 마차와 삼십 대의 수레를 끌게 하고, 시녀들과 짐꾼들, 심지어 호위대까지 마차와 수레를 뒤에서 민 덕분에 험준한 산악지대에서 하루 이십 리를 가는 것도 가능할 수 있었다.

그런 상황인데도 왕궁무사들과 삼백 명이나 되는 남령군은 손도 까딱하지 않았고 관심조차 갖지 않았다.

그들은 늘 자봉마차를 호위하여 먼저 가버렸으며, 뒤쳐진 마차들과 수레들은 밤이 늦어서야 자봉마차가 멈춘 곳에 간신히 도착할 수 있었다.

그러면 왕궁무사와 남령군은 배가 고프다고 시녀와 일꾼들을 닦달하고, 거기까지 오느라 진이 다 빠진 시녀와 일꾼들은 허둥지둥 늦은 저녁 식사를 준비했다. 산악지대를 지나는 동안 늘 그런 식의 연속이었다.

　오조 천막 안은 조용했다. 조원들은 시녀들의 마차와 일꾼
들의 수레를 끌고 또 밀면서 여기까지 오느라 다들 극도로 지
쳐서 저녁 식사를 하는 둥 마는 둥 모두 쓰러져서 잠에 떨어
졌다.
　여운부와 그의 두 친구는 쾌도비 옆에 오기는 했지만 술을
마시자고 하지도, 떠들지도 않고 잠들어 버렸다. 쾌도비로서
는 다행한 일이다.
　여기저기에서 코고는 소리를 들으면서 그도 잠을 청하려
고 눈을 감았고 곧 잠이 들었다.

　오조의 순찰경계 시작인 인시를 일각쯤 남겨둔 시간에 쾌
도비는 자연적으로 눈이 떠졌다.
　지난 이십 일 동안 오조가 인시에 순찰경계를 돌았기 때문
에 습관이 된 것이다.
　오조 내에서 그가 제일 먼저 일어났고 그 소리에 몇 명이
잠에서 깨어 눈을 비비고 기지개를 켜면서 따라 일어나 다른
조원들을 깨웠다.
　쾌도비는 늘 왼쪽 어깨에 창룡도를 멘 상태로 잠이 든다.
창룡도가 워낙 귀한 것이기 때문에 한시도 몸에서 떼어놓지

않았다.

"너희! 꾸물거리지 말고 어서 튀어나가라!"

오조장 관백이 쾌도비와 여운부 등을 보면서 버럭 고함을 질러댔다.

쾌도비를 비롯한 네 명은 다른 조원들에 비해서 뒤처지는 것도 아닌데 관백은 괜히 그들에게만 소리를 질렀다.

쾌도비가 관백에게 미운 털이 박혔기 때문이다. 그렇다고 쾌도비가 눈에 띄게 잘못한 것은 없다.

잘못이 있다면 그가 남들보다 잘생기고 또한 과묵하다는 것뿐이다. 그는 이십 명의 오조원 중에서 말을 가장 하지 않는 사람이다.

"너! 불만이냐?"

쾌도비와 여운부 등이 묵묵히 천막을 나가는 것을 보면서 관백이 쾌도비를 가리키며 괜히 시비를 걸었다.

쾌도비는 대꾸하지 않고 잠자코 나가려는데 여운부와 두 친구가 발끈해서 뒤돌아섰다. 그것을 쾌도비가 두 팔을 벌려서 몰듯이 밖으로 나갔다.

"저 새끼. 언세 한 번 세내로 길리면 만 죽여놓을 기아."

여운부가 분을 못 참고 씨근거렸다. 그는 조장이 한사코 자신들, 더구나 쾌도비를 못살게 구는 것이 못마땅했었다. 그걸 보면 그는 쾌도비를 친구로 여기는 것 같았다.

"운부. 말만 하면 내가 저 새끼 골로 보내 버리겠다."

턱이 뾰족하고 눈이 움푹 들어갔으며 광대뼈가 불거진 강파르게 생긴 동린(東鄰)이라는 친구가 어깨의 도를 움켜잡으면서 눈을 파랗게 빛냈다.

여운부가 못마땅하다는 듯 쾌도비의 어깨를 툭 쳤다.

"이봐. 자넨 배알도 없는 거야? 저 새끼가 툭하면 자넬 못 잡아먹어서 저러는데, 이런 식으로 기죽어서 지내다가는 다들 자넬 깔볼 거야."

그는 쾌도비가 말수가 적으며 수줍음이 많고 용기가 없는 사람이라고 판단했다.

"네놈들 또 붙어서 다니는 거냐? 떨어져라."

쾌도비가 여운부와 동린, 또 한 친구인 임청유(林淸遊)하고 넷이서 순찰경계를 돌고 있는데 어느새 조장 관백이 나타나서 질그릇 깨지는 목소리로 트집을 잡았다.

원래 순찰경계는 위험할 수도 있기 때문에 삼삼오오 짝을 이루어서 도는 것이 보통이다.

그런데 관백은 그걸 갖고 시비를 걸고 있는 것이다. 말도 되지 않는 억지다. 어떻게든 한번 엮어보겠다는 심보가 훤히 들여다보였다.

"이 개자식을……."

성질이 가장 급한 동린이 이쪽으로 걸어오고 있는 관백을 향해 다가가려고 하면서 품속에 오른손을 집어넣었다.

"저 친구는 품속에 늘 예리한 비수를 품고 다니지. 비수 던지는 솜씨가 일품이라서 거기에 걸리면 끝장이야."

여운부가 두고 보라는 듯 득의한 미소를 지으면서 쾌도비에게 속삭였다.

여운부나 동린은 성깔이 보통 아니다. 상대가 우호적이면 쓸개까지 꺼내줄 정도로 의리를 지키지만, 반대 상황이면 물불을 가리지 않는다.

그러나 쾌도비는 관백 뒤쪽 어둠 속에서 다섯 명이 따라오고 있는 것을 발견하고 동린의 팔을 잡았다.

"그만둬."

"말리지 말게. 저 개자식을……."

"조장 혼자가 아냐."

"……."

여운부와 동린은 덩치가 곰처럼 커다란 관백 혼자만 보았지 다른 사람들은 보지 못했다.

그러나 관백이 서너 걸음 앞까지 다가오사 그 뒤쪽에 다섯 명의 호위무사가 어둠 속에서 나타나는 것을 발견하고 움찔 놀랐다.

쾌도비는 관백이 벼르고 왔다는 사실을 간파했다. 관백 뒤에 늘어선 놈들은 평소에 관백을 중심으로 패거리로 이루어 몰려다니면서 오조를 휘어잡고 있는 자들이다.

호위무사의 세계는 일반 강호의 규범하고는 거리가 먼 독특하면서도 냉엄한 규율이 존재하고 있다.

그중 하나가 호위무사들끼리의 다툼에는 고용주가 일체 관여하지 않는다는 사실이다.

그러므로 만약 관백과 그 패거리가 시비를 걸어서 쾌도비와 친구들을 이곳에서 죽인다고 해도 아무 문제가 일어나지 않을 것이다.

물론 쾌도비는 관백과 그의 패거리 따위는 조금도 두렵지 않다. 다만 될 수 있으면 문제를 일으키지 않고 조용히 지내자는 것이다.

그가 원하지 않았음에도 창룡도를 이미 받았으므로 그는 오로지 거기에 대한 대가로 자봉공주를 낙양까지 무사히 호위하고 싶다는 생각이다.

관백은 전형적으로 약자들은 윽박지르고 강자에게는 설설 기는 비열한 인간이다.

생긴 것은 범강장달이처럼 험상궂고 용맹한 모습인데 하고 다니는 행동은 영 딴판이다.

고슴도치 수염 속에서 비틀린 조소를 흘리는 입술이나 눈딱부리처럼 툭 불거진 두 눈에 가득 담긴 비열한 욕심을 감추지는 못했다.

"너희, 각자 흩어져서 순찰경계를 돌아라. 알았느냐?"

오조는 물론 다른 조는 모두 서너 명씩 무리를 지어 순찰경계를 돌고 있다.

그 사실을 관백도 알고 쾌도비도 알고 있는데 억지를 부리고 있는 것이다.

"아, 씨발. 정말……."

동린은 도저히 참지 못하겠다는 듯 관백 앞으로 다가들며 손을 품속에 넣었다.

여운부도 똑같이 분개하고 있으므로 동린을 만류하지 않았다. 아니, 그도 동린과 함께 싸우려는 듯 관백을 향해 다가가고 있었다.

상대가 관백을 비롯해서 여섯 명이지만 이쪽도 네 명이니까 꿀리지 않을 것이라는 계산이다.

쾌도비는 재빨리 두 손을 내밀어서 두 사람을 잡으려고 했으나 여운부의 팔만 잡고 간발의 차이로 동린을 잡지는 못했다.

그래서 그가 한 발 앞으로 내딛면서 재차 동린을 향해 손을 뻗는데 뜻하지 않은 일이 벌어졌다. 잠자코 있던 임청유가 동린의 팔을 잡은 것이다.

임청유는 계집애처럼 곱상한 용모에 체구도 아담하고 평

소에는 늘 어두운 얼굴을 하고 있으며 별로 나서지 않는 조용한 성격이었다.

관백은 동린과 여운부가 험악한 얼굴로 자신을 향해 다가서는 것을 봤으므로 이참에 요절을 내야겠다고 득의한 회심의 미소를 지었다.

슥―

쾌도비가 동린과 여운부를 약간 밀치고 앞으로 나섰다.

"조장 말대로 하겠소."

"어… 그래?"

관백은 뜻밖에 쾌도비가 고분고분하게 나와 일이 너무 시시하게 끝나는 것 같아서 뭐 다른 꼬투리를 잡을 게 없을까 궁리하며 콧구멍을 후비적거렸다.

"자, 흩어지자고."

그걸 눈치챈 쾌도비는 동린과 여운부의 팔을 잡고 한쪽으로 이끌었다.

그때 그는 임청유하고 눈이 마주쳤다. 임청유는 보일 듯 말 듯 희미하게 미소 지으며 고개를 끄덕였다.

사실 쾌도비는 혼자 순찰경계를 하는 것이 더 좋다. 사람들하고 어울리는 것이 익숙하지 않고 혼자서 생각할 것도, 또 무술 수련을 한다든지 할 일이 많기 때문이다.

그는 여운부 등과 헤어져서 혼자 진영(陣營)의 동쪽 방향으로 천천히 걸어갔다.

천막의 외곽에서 열 걸음 간격으로 남령군 군사가 두 명씩 경계를 서고 있는 것이 보였다.

남령군은 호위무사에게 시선조차 주지 않고 간섭조차 하지 않는다.

각자의 역할이 엄연히 다르고 남령군은 왕궁 소속의 군사라는 자부심이 대단한데 비해서, 호위무사들은 떠돌이들이기 때문에 업신여기는 감이 있다.

"야, 너. 잠깐 나 좀 보자."

쾌도비가 남령군 군사를 지나쳐서 걸어가고 있을 때 천막 사이에서 오조장 관백이 불쑥 나타나면서 그의 팔을 잡으려고 했다.

갑작스런 행동이지만 관백에게 붙잡힐 정도로 쾌도비는 굼뜨지 않다.

"무슨 일이오?"

관백은 자신이 재빠른 동작으로 쾌도비의 팔을 잡으려고 했던 것이 실패했다는 사실에 약간 놀라는 듯하고 노 기분이 나쁜 표정이다.

"저쪽으로 가자. 할 얘기가 있다."

관백은 말하면서 먼저 가지 않고 커다란 덩치로 쾌도비를 몰듯이 했다.

쾌도비는 태연하게 그가 가라는 숲 속으로 들어갔다. 관백이 무슨 꿍꿍이를 품고 있든지 조금도 두렵지 않았다. 저만치에 있는 남령군 군사 둘은 이쪽을 힐끗 쳐다보더니 관심 없다는 듯한 표정으로 고개를 돌렸다.

"뭐요?"

한겨울 마른나무가 빽빽한 숲 속에 두 사람은 세 걸음 거리에 마주 보고 섰다.

관백의 시선이 쾌도비의 왼쪽 어깨에 메고 있는 창룡도로 향하며 턱으로 가리켰다.

"그 도는 왜 천으로 감아놨느냐?"

쾌도비는 대답하지 않았다. 웬만한 일은 다 참고 견디지만 자신의 물건을 탐하는 것은 용서하지 않는 그다.

그는 관백이 무엇 때문에 사사건건 자신에게 트집을 잡는지 비로소 깨달았다.

일전에 한 번 창룡도 도파에 감아놨던 천이 약간 풀어진 적이 있었다.

그는 그것을 발견하고 급히 다시 감았으나 그때 관백이 도파에 박혀 있는 보석들을 발견한 것이 분명했다.

그래서 이놈은 그때부터 창룡도를 뺏을 궁리를 하고 있었던 것이다.

쾌도비가 대답을 하지 않자 관백이 갑자기 빠른 동작으로 다가들면서 창룡도를 향해 재빨리 손을 뻗었다.

"어디 좀 보자."

그 정도 굼뜬 동작에 당할 쾌도비가 아니다. 그는 슬쩍 허리를 비트는 것과 동시에 관백이 뻗은 팔을 왼손으로 너무도 간단하게 잡아버렸다.

"어?"

관백이 놀라는 것도 잠시다. 그리고 쾌도비가 그를 조장으로 존중해 주는 것도 여기까지다. 그는 슬쩍 인상을 쓰면서 으름장을 놓았다.

"죽고 싶으냐?"

우드득…….

"으아……."

쾌도비가 별로 힘을 주는 것 같지도 않은 동작으로 가볍게 팔을 비틀자 관백은 두 눈이 튀어나올 듯이 놀라면서 처절한 비명을 지르려고 했다. 그 순간 쾌도비가 다른 손으로 재빨리 그의 아혈을 제압했다.

관백은 팔이 부러질 듯이 비틀어진 방향으로 상체를 잔뜩 굽히고 비명을 지르지 못하는 상황에서 몸을 바들바들 떨면서 눈물을 흘리며 고통스러워했다.

슥…….

쾌도비가 팔을 놔주자 관백은 쓰러질 듯이 비틀거리면서 뒤로 물러나다가 나무에 등을 기대고 비틀린 팔을 쓰다듬으며 굵은 눈물을 흘렸다.

쾌도비는 묵묵히 차가운 눈빛으로 관백을 주시했다. 그는 키가 큰 편이지만 관백은 그보다 머리 하나 반은 더 컸다. 더구나 체구는 두 배 정도다. 그런 그가 쾌도비에게 팔이 비틀려서 눈물을 흘리고 있는 것이다.

아혈이 제압되어 말을 못하는 그는 부지런히 팔을 쓰다듬으면서 죽는 시늉을 하다가 어느 순간 눈에서 독한 눈빛을 쏟으면서 별안간 쾌도비에게 저돌적으로 덮쳐들며 어깨의 도를 뽑아 휘둘렀다.

창! 쐐액!

관백의 대도가 비스듬히 쾌도비의 가슴을 노리고 베어오는 순간 그는 어느새 허리를 굽혀 도를 피한 후에 관백의 가슴으로 파고들었다.

뻑!

쾌도비의 왼손 주먹이 명치에 꽂히자 관백의 동작이 뚝 멈춰지며 입을 쩌억 벌렸다.

급소를 정통으로 맞아서 숨을 쉬지 못해 얼굴이 하얗게 질리고 있을 때 쾌도비의 뒤돌려차기 발길질이 이번에는 관백의 턱을 갈겼다.

딱!

관백의 거대한 체구는 허공으로 반 장이나 떠올랐다가 날아가서 나무에 부딪친 후에 바닥에 나뒹굴었다.

순식간에 벌어진 일이고 너무나도 깔끔하면서도 빠르고 멋진 동작이었다.

쾌도비는 정식으로 권각술을 배운 적은 없으나 관백 따위를 때려눕히는 것은 어깨너머로 보고 배운 권각술만으로도 충분했다.

만약 그가 방금 전의 주먹질이나 발길질에 제대로 공력을 실었다면 관백은 처음의 주먹질 한 방에 이미 즉사했을 것이다.

쾌도비는 관백이 나무 아래 혼절한 채 길게 뻗어 있는 것을 잠시 쳐다보다가 몸을 돌려 숲 밖으로 걸어 나갔다.

그런데 숲 밖에 전혀 뜻하지 않은 사람이 우뚝 서서 그를 기다리고 있었다.

놀랍게도 그는 자봉마차를 호위하는 전체 무리의 최고 지휘자인 총교였다.

"따라와라."

그는 쾌도비를 보자마자 짧게 말하고는 몸을 돌려 앞장서서 걸었다.

第五章

심복수사(心腹輸寫)

—심중에 감추고 있는 것을 모두 털어 놓는다

총교가 쾌도비를 데리고 간 곳은 뜻밖에도 한복판에 세워진 자봉공주의 거처였다.

그렇다면 자봉공주 주소옥이 쾌도비를 데려오라고 시켰다는 뜻이다.

곤명을 출발하고 지난 이십 일 동안 쾌도비는 한 번도 주소옥을 본 적이 없었다.

이동할 때 그녀는 언제나 자봉마차 안에서만 머물고, 쾌도비는 후미에서 시녀들의 마차를 따르기 때문이다.

쾌도비에게 직접 수하를 보내서 창룡도를 주며 호위무사

가 되라고 요구했었던 주소옥이 이십 일 동안 그를 모른 체 내버려 둔 일은 그로서도 원하던 바였다.

그는 그저 자신의 일만 묵묵히 하면 된다고 생각했다. 그리고 낙양에 도착하면 그녀와의 인연은 끝이고 각자 제 갈 길로 가면 된다.

“공주님. 쾌도비를 데리고 왔습니다.”

“들여보내라.”

총교는 크고 화려한 천막 밖에서 허리를 굽히며 공손히 아뢰고는 쾌도비를 천막 안으로 들어가게 했다.

등을 떠밀리다시피 천막 안으로 들어간 쾌도비의 시선을 제일 먼저 잡아끈 것은 저만치 앞쪽 바닥에 놓인 푹신한 호피에 비스듬히 눕듯이 앉아 있는 주소옥이었다.

지금 시각은 갑시(甲時:새벽 5시경)가 조금 못 되었는데 그녀는 이미 잠에서 깨어 화려한 붉은색의 비단옷을 입은 모습이었다.

쾌도비가 그녀를 구했을 때나 감기에 걸려 그의 집에서 혼절을 거듭하던 초췌한 모습하고는 딴판으로 절색의 아름다움을 뿜어내고 있었다.

여자에게 관심이 없는 그이지만 주소옥의 질식할 듯한 아름다움에는 잠시 정신을 차리지 못하고 그녀를 멀뚱하게 바라보았다.

주소옥은 그런 쾌도비를 보면서 배시시 희미한 미소를 지었다. 어떠냐? 이게 나의 진실한 모습이다, 라고 말하는 것 같은 미소였다.

"무엄하다! 무릎을 꿇고 절을 올리지 못할까!"

두 명의 시녀는 주소옥의 머리를 다듬고 또 옷매무새를 봐주고 있는데 그중 하나가 우두커니 서 있는 쾌도비를 향해 뾰족하게 소리쳤다.

쾌도비는 천천히 그 자리에 무릎을 꿇고 이마를 바닥에 대며 중얼거렸다.

"공주님을 뵈옵니다."

"고개를 들어라."

잔잔하면서도 그윽한 목소리가 주소옥의 입에서 흘러나왔다. 일반 백성은 흉내도 낼 수 없는, 지체 높은 황족만이 낼 수 있는 존엄의 목소리다.

쾌도비가 고개를 들고 쳐다보자 그녀의 시선이 그의 어깨에 메고 있는 창룡도로 향했다.

"창룡도는 마음에 드느냐?"

"과분합니다."

쾌도비의 솔직한 심정이다. 지금이라도 되돌려 달라고 하면 기꺼이 그럴 생각이다.

그는 자신의 분수를 잘 알고 있기 때문에 창룡도가 자신에게 어울리지 않는다고 생각했다.

또한 그런 훌륭한 도를 지니고 있으면 뭔가 께름칙하고 막상 싸움이 벌어지면 창룡도에 흠집이라도 날까 봐 적이 염려가 될 것 같았다.

주소옥은 눈을 내리깔고는 조그맣고 빨간 입술을 오물거리며 말했다.

"나를 구해준 데 대한 작은 보답이다."

쾌도비가 아무런 말이 없자 그녀가 물었다.

"호위무사 일은 힘들지 않느냐?"

"그렇지 않습니다."

"오늘부터는 내 측근 호위를 해라."

"……."

쾌도비는 뜻밖의 명령에 자신도 모르게 미간을 좁혔다.

"싫으냐?"

주소옥은 바다 같은 성은을 내리는데 그가 싫은 기색을 보이자 슬쩍 아미를 찌푸렸다.

기분 나쁘다는 표정인데도 지독히 아름다웠다. 꽃이 바람에 흔들린다고 보기 흉하겠는가.

"지금 이대로가 좋습니다."

"그래?"

만약 다른 호위무사에게 이런 은혜를 베푼다면 눈물을 흘리면서 감지덕지할 것이다.

그런데 쾌도비가 일언지하에 거절하자 주소옥은 과연 이 자는 뭔가 다르다고 생각했다.

"그런데 너는 나를 구해준 것에 대해서 아무에게도 말하지 않았더구나."

쾌도비의 과묵함에 대해서 잘 알고 있는 주소옥은 그의 대답을 기다리지 않았다.

"나도 아무에게도 말하지 않았다. 아버님께도 말하지 않았어. 이제는 여기 시녀 두 명과 밖에서 듣고 있는 총교도 알게 되었지만."

쾌도비가 그녀를 주해준 일을 아무에게도 말하지 않았다는 사실은 뜻밖이다.

"그걸 원하지 않았느냐? 너는 번거로운 것을 싫어하는 성격이니까 말이다."

"고맙습니다."

그녀는 쾌도비가 자신을 구해준 것에 대해서 아직 제대로 보답을 하지 못했다고 생각했다. 그녀는 절대로 평범한 신분이 아니기 때문이다.

"내가 너를 위해서 뭘 해주었으면 좋겠느냐?"

쾌도비는 주소옥을 바라보다가 조금 용기를 내보기로 했다. 어쩌면 지금 하려는 말 때문에 그녀가 기분이 상할 수도 있으며, 그로 인해서 쾌도비 자신이 불이익을 당할 수도 있기 때문이다.

"말씀드리면 들어주시겠습니까?"

"다 들어주마."

주소옥은 이제야 보답을 제대로 할 수 있게 되었다는 표정을 지었다. 그러나 그 표정은 오래가지 못했다.

"소인을 내버려 두십시오."

주소옥의 얼굴에 놀라움이 떠올랐다. 그녀는 자신이 뭔가 잘못 들었을 것이라고 생각했다.

"뭐… 라고 했느냐?"

"공주님께선 저에게 충분한 대가를 지불하셨습니다. 그러니까 아무런 부담을 가지실 필요가 없습니다."

주소옥의 얼굴이 차갑게 식었다.

"그러냐?"

"그렇습니다."

그녀는 고개를 까딱하며 손을 저었다.

"알았다. 이것으로 우리 인연은 끝이다. 물러가라."

쾌노비는 천천히 일어나서 전막 밖으로 나왔다. 입구에 서 있던 총교가 그를 쳐다보면서 슬쩍 얼굴을 찌푸렸다. 못마땅하다는 표정이다.

하지만 쾌도비는 기분이 홀가분해졌다. 이로써 주소옥하

고의 찜찜했던 관계를 말끔하게 청산했기 때문이다. 이제는 낙양까지 호위무사 역할만 하면 끝이다.

　호위무사들끼리 나누는 대화에 의하면 이런 일거리는 땅 짚고 헤엄치는 것보다 쉽다고 한다.
　남령부의 세력권은 귀주성까지 뻗어 있으며 자그마치 사백오십 명이 자봉공주를 호위하고 있는데 대저 어떤 정신 나간 인물이 습격을 하겠는가.
　그보다 더 중요한 것은 천하에 남령부의 적이 존재하지 않는다는 사실이다.
　남령왕 주휘광은 황제의 친동생으로서 천하와 강호에 두루 덕망을 쌓았기에 그를 존경하고 흠모하는 사람은 많아도 적대시하는 인물은 없다.
　그러므로 이번 호위행(護衛行)은 그저 곤명에서 낙양까지 가기만 하는 된다고 호위무사들은 입을 모았다.

　가파른 언덕길이 나타나자 호위대는 말에서 내려 자신들의 말을 아홉 대의 마차와 삼십 대의 수레 앞쪽에 묶느라 분주하게 움직였다.
　호위대는 지금까지 수십 차례나 이런 상황을 겪었으므로 자꾸 하다 보니까 은연중에 자신이 정한 마차나 수레가 생기게 되었다.

쾌도비와 여운부는 말을 끌고 시녀들의 칠호(七號) 마차로 다가가서 자신들의 말을 묶고 마차를 밀기 위해서 뒤쪽으로 갔다.

마부석에서 말을 모는 시녀 한 명만 남기고 시녀 세 명도 힘을 보태기 위해서 마차 뒤로 왔다.

"에구… 힘든데 낭자들은 그냥 마차에 타고 계시오. 힘든 일은 우리 남자들이 하겠소."

"호호호! 마차 안에 있으면 답답해요. 이런 기회에 바깥바람이라도 쏘여야지요."

넉살좋은 여운부는 그동안 칠호 마차 시녀들하고 꽤 친해진 상태다.

세 명의 시녀는 다들 얼굴이 반반하고 몸매도 좋았다. 그중에서도 특히 청향(淸香)이라는 시녀는 이런 일을 하기 아까울 정도로 예쁘고 늘씬했다.

"흐흐… 청향 낭자는 형씨에게 양보하겠네."

여운부는 자신 중에서 제일 잘생긴 쾌도비에게 청향을 양보하겠다면서 자기들끼리 있을 때면 묘한 비소를 시으면서 쑥덕거리곤 했었다.

"청향 낭자가 형씨를 쳐다보는 눈빛이 예사롭지 않았네."

그런 말까지 덧붙이는 것을 잊지 않았다. 호위행을 시작한

지 이십 일이 지났으나 쾌도비는 아직도 자신의 이름을 아무에게도 가르쳐 주지 않았다. 그래서 여운부 등은 그를 형씨라고만 불렀다.

다들 언덕 아래에 멈춘 상태에서 호위무사들은 자신이 맡은 마차와 수레를 오가느라 분주했다.

그때 호위무사 한 명이 말을 끌고 칠호 마차 옆을 지나가다가 가장 바깥쪽에 서 있는 쾌도비를 힐끗 보더니 움찔 놀라며 얼굴색이 변했다.

"어?"

쾌도비는 순간적으로 그가 자신을 알아본 것이 아닌가 하는 생각을 했다.

그러나 그자는 곧 지나갔고 여운부가 그자의 뒷모습을 보면서 우스갯소리를 했다.

"저 자식. 청향 낭자 미모를 보더니 눈 튀어나오는 거 다들 봤지?"

쾌도비 옆에 서 있는 청향은 얼굴을 붉히면서 살포시 고개를 숙였다.

쾌도비는 청향을 쳐다보고는 어쩌면 여운부의 말이 맞을 수도 있을 것이라고 생각했다.

청향의 미모는 사내라면 한 번 쳐다보면 시선을 떼지 못할 정도니까 말이다.

물론 주소옥의 천하절색인 미모하고는 비교 자체가 어불성설이지만 말이다.

그런데 저만치 가던 그 호위무사가 또다시 뒤돌아보면서 여전히 놀라는 표정을 지었다.

그러자 여운부는 그자에게 주먹을 휘둘러 보이면서 으름장을 놓았다.

"꿈 깨라 인석아! 청향 낭자는 이미 임자 있는 몸이다!"

"어머? 청향 임자가 누군가요?"

첫날부터 여운부하고 찰떡궁합이 된 시녀 선분(仙芬)이 주근깨 있는 콧등을 귀엽게 찡그리며 물었다.

"누구긴? 여기 이 친구 아니면 누가 청향 낭자의 임자라는 말이오?"

여운부가 자신의 어깨를 치자 쾌도비는 움찔 놀라 반사적으로 청향을 쳐다보았다.

그런데 청향도 놀란 얼굴로 그를 바라보다가 두 사람의 시선이 마주쳤다.

순간 쾌도비는 얼굴을 슬쩍 붉히며 외면했고, 청향은 목덜미까지 빨개지며 고개를 푹 숙였다.

그날 일행은 귀주성 서쪽 지역인 보안현(普安縣)이라는 곳에 도착했다.

호위대 모두에게 기분 좋은 소식이 전해졌다. 다음 날 하루 휴가를 준다는 것이다. 곤명을 떠난 이후 첫 휴가다.

그리고 그날 저녁 식사 후에 호위대 백 명 전원에게 한 달 녹봉 은자 백 냥이 며칠 앞당겨서 미리 지급되었다.

호위무사들은 그야말로 환호성을 터뜨렸다. 하루 휴가에 녹봉으로 은자 백 냥까지 미리 받았으므로 다들 머리를 맞대고 내일 하루 동안 무엇을 할 것인지 웃고 떠들면서 시간 가는 줄 몰랐다.

"다들 들어봐. 귀가 번쩍 뜨일 신나는 소식이 있어."

여운부가 두 손을 비비면서 싱글벙글 미소 지었다.

잘 시간이 멀었기 때문에 천막 안에는 오조의 절반 정도가 여기저기에 앉아 있거나 서 있는 광경이다.

여운부는 모여 앉은 쾌도비와 동린, 임청유에게 귀를 가까이 대라는 손짓을 해보이며 목소리를 낮추었다.

"칠호 마차 낭자들하고 내일 하루 함께 보내기로 얘기를 맞춰놨다. 어떠냐?"

"오오… 그게 정말이냐 운부?"

동린이 제일 반색했다. 반면에 쾌도비는 덤덤한 얼굴이고 임청유는 보일 듯 말 듯 슬쩍 얼굴을 찌푸렸다.

행군을 하다가 언덕이 나타나면 쾌도비와 여운부는 시녀들의 마차를 미는 반면 동린과 임청유는 사내들 일꾼만 우글

거리는 수레를 민다.

그래서 동린은 틈만 나면 불공평하다면서 여운부에게 자기하고 바꾸자고 성화를 부렸었다.

"으헤헤… 그렇다. 동린, 이 형님의 솜씨가 어떠냐?"

"우핫핫핫! 너 최고다! 운부!"

여운부와 동린은 큰 소리로 웃다가 제 스스로 움찔 놀라서 급히 오조장 관백이 있는 쪽을 쳐다보았다. 관백이 무서워서가 아니라 괜히 시끄러워질까 봐 그러는 것이다.

그런데 어찌 된 일인지 관백은 이쪽을 힐끗 쳐다보더니 곧 고개를 돌리고 자신들끼리 하던 얘기를 계속했다. 평소 같으면 험악한 인상을 쓰면서 달려들 텐데 이상한 일이다.

"저 새끼 왜 저러지? 뭘 잘못 먹었나?"

동린이 의아한 얼굴로 고개를 갸웃거리면서 소곤거리자 여운부가 말을 받았다.

"모르겠어. 오늘 내내 잔뜩 풀 죽은 얼굴이던데? 무슨 일이 있었나?"

물론 쾌도비는 관백이 왜 그런지 잘 알고 있다. 오늘 새벽에 혼찌검이 난 이후에 그는 사람이 달라졌다.

다른 조원들에겐 풀 죽은 모습을 보이지만 쾌도비를 볼 때면 어깨를 움츠리고 슬슬 피하면서도 간혹 눈에서 살기가 번뜩인다. 그런 눈빛을 하고 있는 놈은 조만간 큰 사고를 치게 되어 있다.

"자네, 빠질 생각하지 마. 자네가 빠지면 내일 그녀들과의 만남 자체가 깨질 테니까. 청향 낭자가 얼마나 기대하고 있는지 아나?"

여운부는 쾌도비가 거절을 할 것이라 여기고 미리 엄포를 놓았다. 그 바람에 임청유도 거절을 하려다가 입을 다물고 말았다.

쾌도비는 곤란했으나 이렇게 좋아하는 여운부와 동린에게 찬물을 끼얹을 수는 없었다.

그래서 내일 함께 어울리다가 기회를 봐가면서 적당히 빠져나가 흑청사 문신에 대해서 알아봐야겠다고 생각했다.

슥—

그때 천막 입구가 들춰지면서 두 사람이 들어서는데 쾌도비 등은 그쪽을 쳐다보지도 않았다.

"무슨 일이오?"

그래도 조장이랍시고 관백이 일어나서 두 사람에게 다가가며 물었다.

두 사람은 대답도 하지 않고 천막 내를 두리번거리면서 누군가를 찾다가 그중 한 명이 이쪽을 등지고 앉아 있는 쾌도비를 가리키며 고개를 끄덕였다.

관백은 두 사람이 몹시 긴장한 표정을 짓고 있는 것을 보고 이들이 쾌도비에게 좋지 않은 감정을 품고 있으리라 짐작하고는 속으로 쾌재를 불렀다.

들어선 두 사람 중에 한 명은 호위대 이조장 당석호(唐石豪)라는 인물로서 다부진 체구에 강호의 변두리에서 아주 조금 이름을 날리고 있는 자였다.

그래서 강호에서 명패조차 내밀어보지 못한 관백은 그를 대할 때면 매우 조심했다.

동린이 다가오는 두 사람을 발견하고 쾌도비와 여운부 등에게 눈짓을 보냈다.

"실례하겠소."

이조장 당석호는 앉아 있는 쾌도비에게 정중하게 포권지례를 해보였다.

관백은 자신의 패거리에게 눈짓으로 신호를 하여 당석호 뒤에 늘어섰다. 만약 당석호가 쾌도비를 공격하면 자기들도 도우려는 것이다. 이참에 아예 쾌도비 일당을 요절을 내려는 생각이다.

쾌도비는 앉은 채 당석호를 쳐다보다가 그 옆에 서 있는 사내를 발견하고 어떻게 된 일인지 알아차렸다.

그 사내는 오늘 낮에 쾌도비와 여운부가 시녀들의 칠호 마차를 밀려고 대기하고 있을 때 말을 끌고 지나가다가 쾌도비를 보고는 놀란 표정을 지었던 바로 그 사내다.

그때 여운부는 그가 청향의 미모를 보고 놀란 것이라고 웃어넘겼는데 그게 아니었다.

그는 쾌도비를 알아보고 놀란 것이 분명했다. 이조장을 데려온 것을 보면 알 수 있다.

물론 쾌도비는 그를 모른다. 하지만 쾌도비는 강호에서 조금 이름을 날려 유명하기 때문에 다른 사람들이 그를 알아보는 것은 이상한 일이 아니다.

그래서 그는 될 수 있으면 이름을 밝히지 않고 여러 사람 앞에 나서지 않으려 했던 것이다.

당석호는 더욱 긴장한 얼굴로 포권지례를 풀지 않은 채 한껏 정중한 표정을 지었다.

"귀하는 혹시 탈명도(奪命刀)가 아니오?"

쾌도비는 지난 삼 년여 동안 장강 이남지역, 특히 호북성과 호남성, 안휘성, 강소성, 절강성 등지를 부지런히 돌아다니면서 흑청사 문신을 알아보는 과정에 적지 않은 싸움을 했었기에 그 지역에서 탈명도라는 이름을 얻었다.

당석호의 탈명도라는 말에 천막 내에서 그 별호를 알고 있는 사람들이 일제히 쾌도비를 쳐다보았다. 천막 안에 있는 열네 명이 모두 쳐다보았다. 그것은 이들 모두 탈명도라는 별호를 알고 있었다는 뜻이다.

쾌도비는 당황하지는 않았으나 순간적으로 어떻게 대답할

지 궁리했다.

그는 거짓말을 밥 먹듯이 하지는 않지만 필요에 따라서는 적절하게 구사하는 편이다.

탈명도가 아니냐고 물어보는 이조장 당석호는 어쩌면 쾌도비가 예전에 죽였거나 부상을 입혔던 자하고 관계가 있어서 그것 때문에 복수를 하려는 것일 수도 있고, 아니면 그저 명성만 듣고 확인하려고 찾아온 것일 수도 있다.

그렇지만 쾌도비의 명석한 두뇌는 지금이 거짓말을 할 때가 아니라고 가르쳐 주었다.

그가 둘러보니 천막 안의 열네 명이 자신을 주시하고 있었다. 거짓말로 그들을 다 속이는 것은 어려운 일이다. 이럴 때는 진실밖에 없다.

만약 일이 벌어지면 실력으로 해결하면 될 것이다. 언제나 그랬듯이 말이다.

실내를 한차례 둘러보면서 잠시 뜸을 들인 후에 이윽고 그는 가볍게 고개를 끄덕였다.

"그렇소."

"아……."

"탈… 명도라니… 맙소사!"

천막 내 여기저기에서 놀라움의 탄성이 쏟아져 나왔다.

사실 쾌도비는 자신의 별호인 탈명도가 강호에서, 특히 강남땅에서 얼마나 유명한지 잘 모르고 있다.

예를 들어 강호의 인물들을 상중하 세 등급으로 나눈다면, 탈명도는 중급에 속한다.

그리고 그 중급을 또다시 상중하로 나누면 탈명도는 하급에 속할 것이다.

그것은 강호를 아홉 등급으로 나누었을 때 탈명도는 육 등급쯤에 속한다는 뜻이다.

그러므로 이곳에 있는 강호의 구 등급에조차도 들지 못하는 호위무사 나부랭이들이 육 등급에게 식겁하고 놀라는 것은 당연한 일이다.

쾌도비는 지난 삼 년여 동안 강남지역을 돌아다니면서 꽤 많은 사람을 죽였다. 정확하게 말하자면 삼십오 명을 죽였었고 부상을 입히거나 폐인으로 만든 자는 그보다 서너 배는 더 많다.

한 지역에 가만히 붙박여 있는 사람보다 떠돌아다니는 사람이 더 많은 사건에 연루될 수밖에 없다.

그는 흑청사 문신에 대해서 조사를 해야 하므로 발이 닳도록 돌아다녔었다.

그러므로 자연히 많은 일에 연루되어 싸움을 하게 되고, 일단 싸움이 시작되면 자신이 죽지 않으려면 상대를 죽일 수밖에 없는 것이다.

강호는 비정하고 냉엄한 약육강식의 세계다. 때로는 밥 한 그릇 때문에 시비가 붙어서 싸우기도 하고, 또 어떨 때는 궁지에 몰려서 살아남기 위해 싸우기도 한다.

쾌도비가 탈명도라는 사실이 밝혀지자 다들 소스라치게 놀랐으나 그중에서도 특히 관백과 여운부, 동린, 임청유 등이 더욱 놀랐다.

관백은 온몸을 사시나무 떨듯이 후드득 떨다가 그 자리에 털썩 주저앉고 말았다.

"으으……."

그도 언젠가 탈명도에 대한 소문을 들은 적이 있었다. 자세히 기억나지는 않지만, 일단 도를 뽑으면 반드시 상대를 죽이거나 중상을 입혀서 폐인을 만든다고 해서 탈명도라는 별호를 얻었다는 것만은 또렷하게 기억하고 있다.

그래서 오늘 새벽에 숲 속에서 쾌도비가 무기를 뽑지 않고 그저 주먹과 발길질로 때려준 것이 얼마나 고마운지 몰랐다.

그가 사정을 봐주지 않았으면 관백은 지금쯤 이 세상 사람이 아닐 것이다.

여운부와 동린, 임청유는 믿을 수 없다는 듯 경악한 표정으로 쾌도비를 쳐다보았다.

특히 여운부는 조금 전까지 친근하게 그의 어깨에 팔을 얹고 있다가 슬그머니 내렸다.

쾌도비는 기분이 씁쓸해졌다. 여운부 등하고는 특별히 친해진 것은 아니지만 같은 일을 하고 낙양까지 같이 갈 동료로서 함께 지내는 것이 나쁘지 않았었다.

그런데 이제 그들은 쾌도비의 정체를 알게 되었으니 그를 매우 어려워할 것이고 십중팔구 그는 외톨이가 될 터이다.

원래 그는 혼자이기를 원했었으나 자의에 의한 외톨이와 타의에 의해서 외톨이가 되는 것은 큰 차이가 있다.

쾌도비는 당석호를 쳐다보며 건조한 목소리로 물었다.

"내게 볼일이 있소?"

"아… 아닙니다."

당석호의 말투가 확 바뀌었다. 그뿐만 아니라 부동자세를 취하기까지 했다. 그는 옆에서 눈을 커다랗게 뜨고 있는 사내를 가리켰다.

"이 녀석이 탈명도를… 아니, 탈명도 대협을 봤다고 하기에 확인을 하려고……."

이것으로 당석호가 복수 때문에 쾌도비를 찾아오지 않았다는 사실이 밝혀졌다.

"확인했으니 그만 가보시오."

당석호는 포권을 하면서 꾸벅 허리를 굽혔다.

"뵙게 되어 영광입니다……!"

옆의 사내도 덩달아 허리를 굽혔다.

당석호는 사십대 초반의 인물이고 쾌도비는 아무리 잘 봐줘야 이십 세 정도다. 그런데도 당석호나 관백 등은 쾌도비에게 설설 기고 있다.

강호에서는 나이가 많다고 대접을 받는 것이 아니라 실력이 우선이기 때문이다. 세월이 흐르면 저절로 먹는 것이 나이지만, 천만년이 흘러도 노력하지 않으면 고강해질 수 없는 것이 무술이다.

당석호는 잠시 더 설레발을 피우다가 앞으로 잘 부탁한다는 마지막 말을 남기고 뒷걸음질 쳐서 천막 입구로 향했다. 그는 나가기 전에 다시 한 번 허리를 굽혔다.

“내가 탈명도라는 것이 알려지지 않았으면 좋겠소.”

“네? 아… 그러겠습니다.”

쾌도비가 조용히 말하자 당석호는 나가려다 말고 돌아서서 굽실거렸다.

천막 안은 쥐 죽은 듯이 조용했다. 서 있거나 앉아 있는 조원들은 그 자세에서 꼼짝도 하지 않았다. 자세를 바꾸다가 탈명도의 신경을 거슬리고 싶지 않은 것이다.

조금 전까지만 해도 거리낌 없이 웃고 떠들던 천막 안에는 보이지 않는 두려움과 긴장이 무겁게 내리누르고 있다.

관백은 조금 전에 당석호가 서 있던 뒤쪽 바닥에 퍼질러 앉은 채 공포에 질린 얼굴로 숨도 크게 쉬지 못하면서 눈만 껌뻑거렸다.

당석호가 나가고 나니까 쾌도비의 정면에 자신이 앉아 있는 꼬락서니가 되고 말았다. 그래서 그는 이젠 죽었다고 생각하면서 오줌까지 지리고 있었다.

그때 적막을 깨고 쾌도비가 일어서자 관백은 화닥닥 놀라서 앉은 채 궁둥이로 조금 물러났다.

"조장."

"허어억!"

쾌도비의 조용한 부름에 관백은 자지러지면서 상체가 뒤로 자빠지며 두 손으로 바닥을 짚고 찢어질 듯한 눈으로 쾌도비를 쳐다보았다.

"잠시 나갔다 와도 되겠소?"

관백은 잠시 동안 그게 무슨 뜻인지 궁리하느라 눈을 껌뻑거리다가 갑자기 부복하듯이 상체를 앞으로 엎드리며 벌벌 떨었다.

"그러믄입쇼! 다녀오십시오!"

쾌도비는 여운부 등을 돌아보았다.

"자네들, 잠시 따라오게."

여운부와 동린, 임청유는 극도로 긴장한 얼굴로 서로의 얼굴을 쳐다보았다.

쾌도비가 자신들을 왜 따라오라고 하는 것인지 짐작조차
도 할 수가 없었다.

쾌도비는 호위대 오조 천막에서 그리 멀지 않은 칠호 마차
로 곧장 갔다.

여운부 등은 쭈뼛거리면서 멀찌감치 그를 뒤따랐으나 아
무 말도 나누지 않았다.

쾌도비는 칠호 마차 옆의 작은 천막 입구에서 멈추고 나지
막한 목소리로 불렀다.

"청향 낭자."

아직 이른 시간이라서 시녀들은 자고 있지 않았기에 청향
이 놀란 얼굴로 금세 천막 밖으로 나오더니 쾌도비를 발견하
고 더욱 놀란 표정을 지었다.

"아… 무슨 일인가요?"

"술 있소?"

쾌도비는 다짜고짜 물었다. 아홉 대의 마차에는 물론 술이
많이 있다.

그러나 그것들은 모두 자봉공주를 위해서 준비된 물건이
므로 손을 대서는 안 된다.

"있기는 하지만……."

청향은 머뭇거렸다. 하지만 쾌도비가 술을 달라고 하면 나

중에 들켜서 자신이 벌을 받는다고 해도 기꺼이 줄 수 있다는 생각을 했다.

작은 천막에는 네 명의 시녀가 있는데 말소리를 듣고 그녀들이 모두 밖으로 나왔다. 그리고 여운부와 동린, 임청유도 가까이 다가왔다.

청향은 용기를 내서 마차 문의 자물쇠를 열었다.

철컥!

그때 천막 뒤쪽에서 하나의 검은 그림자가 나타나더니 곧장 이쪽으로 걸어왔다.

쾌도비 등은 검은 그림자가 왕궁무사 중에서도 총교 바로 아래 지위인 상교(上敎)라는 것을 한눈에 알아보았으나 청향은 그의 등장을 모른 채 마차 문을 열었다.

"뭐하는 거냐?"

"앗!"

"어머낫!"

상교의 나직한 호통에 청향과 시녀들은 소스라치게 놀라서 펄쩍 뛰기도 하고 그 자리에 주저앉기도 했다.

상교는 우뚝 버티고 서서 한 사람씩 날카롭게 차례로 쓸어보다가 쾌도비를 발견하고는 표정이 약간 바뀌었다.

쾌도비가 조용히 대꾸했다.

"술 좀 달라고 했소."

여운부 등과 청향 등은 안색이 하얗게 질렸다. 그들이 보기에 쾌도비는 제정신이 아니거나 간이 배 밖으로 나온 것이 분명했다.

자봉공주의 물건에 손을 대려고 하다니, 비록 미수에 그쳤더라도 시녀들은 치도곤을 면하지 못할 것이고, 호위무사들은 당장 쫓겨나도 할 말이 없다.

상교는 아주 잠깐 쾌도비를 쳐다보았다가 시녀들을 보면서 고개를 끄덕였다.

"술이든 요리든 원하는 대로 줘라."

그리고는 별일 없었다는 듯 가버렸다.

쾌도비와 여운부, 동린, 임청유 네 사람은 평원에 쳐진 거대한 천막군 진영에서 뚝 떨어진 어느 야트막한 언덕 위에 둥글게 둘러앉아서 술을 마셨다.

여운부와 동린, 임청유는 쾌도비에 대해서 놀랐던 일을 지금 마시고 있는 술 때문에 잠시 잊어버리고 있는 중이다.

지금 이들이 마시고 있는 술은 선로주(仙露酒)라는 것으로 이들로서는 이름조자 늘어본 적이 없는 귀한 술이다. 남령부의 지체 높은 사람들만 마시는 술이니 당연하다.

그런데 선로주를 열 병이나 내주면서 청향이 해준 말이 지금도 세 사람의 귓가에서 뱅뱅 맴돌고 있다.

"선로주 가격은 은자 천 냥이에요."
"맙소사… 이거 한 병에 말이오?"
"아뇨. 한 잔에요."

마시다 보니까 선로주 한 병에 스무 잔쯤 나왔다. 그렇다면 선로주 한 병에 은자 이만 냥이라는 뜻이다. 그러니 이들이 지금 제정신이겠는가.

더구나 청향과 선분 등 시녀들은 자봉공주만이 먹을 수 있는 최고급의 요리 몇 가지를 안주로 싸주었다.

그 요리들은 입에 넣으면 씹을 필요도 없이 저절로 녹아서 목구멍으로 흘러 내려갈 정도였다.

이들은 자신들이 술 한 잔을 마실 때마다 은자 천 냥을 마시고 있다는 경이로움에 쾌도비에 대한 일은 잠시 망각하고 있었다.

쾌도비는 구태여 자신에 대한 얘기를 먼저 꺼내려고 하지 않았다.

물론 이들을 이곳에 데리고 와서 술을 마시려고 한 것은 어색한 분위기를 풀기 위해서였다.

지금은 술을 마시면서 가만히 내버려 두는 것이 좋다. 사람이란 술이 취하면 경계심이 풀어지고 이해의 폭이 넓어지게 마련이다.

　네 사람은 갖고 온 열 병의 선로주 중에서 다섯 병을 마실 때까지도 침묵을 지켰다.

　하지만 성질 급한 동린이 취기로 얼굴이 벌개져서 쾌도비를 보며 말문을 열었다.

　"술 마시자고 한 용건이 뭐요?"

　꽤 취한 상태지만 깍듯한 존대는 아니더라도 언행에 매우 조심했다.

　쾌도비는 세 사람의 시선을 한 몸에 받으면서 진중한 표정을 지었다.

　"내가 누구든 나는 나일 뿐이니까 지금까지처럼 편하게 지냈으면 좋겠네."

　여운부의 나이는 이십칠 세고 동린은 이십오 세, 임청유는 이십일 세다.

　쾌도비는 실제 나이는 십팔 세지만 키가 크고 체격이 좋으며 매우 성숙해서 이십 세 전후로 보인다.

　어쨌든 여운부와 동린은 자신들이 쾌도비보다는 나이가 많나고 생각하면서노 그를 진구로 대했었다. 나이를 떠나서 그가 마음에 들었기 때문이다.

　동린은 술은 꽤 취했어도 긴장이 풀리지 않은 얼굴로 다시 물었다.

“당신 정말 탈명도요?”

쾌도비는 말없이 고개를 끄덕였다.

이번에는 임청유가 경계심 가득한 표정으로 쾌도비를 주시하며 물었다.

“그렇게 유명한 사람이 무슨 이유 때문에 호위무사가 된 것이오?”

평소에는 과묵한 임청유가 가냘프면서도 차분한 목소리로 예리한 질문을 했다.

쟁쟁한 탈명도쯤 되는 인물이 무엇 때문에 이깟 호위무사를 하고 있느냐는 것이다.

무슨 이유가 있지 않고는 호위무사 따위를 할 리가 없다는 뜻이기도 했다.

쾌도비는 거짓말로 이들을 속이든가 침묵으로 얼버무리는 것은 현명하지 않다고 판단했다. 그래서 웬만큼은 솔직한 게 좋다고 생각했다.

“자봉공주가 불렀네.”

“공주님께서 말이오?”

“자봉공주께서 직접 귀하를 호위무사로 와달라고 불렀다는 말이오?”

과연 여운부와 동린은 크게 놀라며 동시에 물었다. 그러나 임청유는 보일 듯 말 듯 안도의 표정을 지었다. 쾌도비는 그것을 놓치지 않았다.

"공주가 내 거처로 수하를 보내서 부탁했네. 그러나 이유
는 묻지 말게. 그러면 공주하고의 약속을 깨야 하니까."

세 사람은 쾌도비가 자봉공주하고 직접 연관이 있다는 사
실에 놀라움을 금치 못했다. 그러나 그의 말이 거짓일 것이라
고는 생각하지 않았다.

동린이 또 물었다.

"곤명에는 왜 온 거요? 자봉공주에게 호위무사 일을 제안
해서 곤명에 온 것이오?"

또다시 세 사람은 눈을 빛내면서 쾌도비를 주시했다.

"나는 얼마 전까지 뇌도방에서 조원으로 있었네."

"뇌… 도방?"

"일개 조원이라고 했소?"

"그렇네."

곤명 토박이인 여운부와 그를 보러 곤명에 찾아와서 눌러
앉았던 동린은 뇌도방을 잘 알고 있으며 그곳의 조원이 이곳
의 호위무사나 별반 다르지 않다는 것도 알고 있다.

애기가 뇌기까지 흘리온 이상 쾌도비로서는 자신의 목적
에 대해서 말할 수밖에 없는 상황이 되었다.

물론 말하지 않아도 되지만 그러면 이들과의 관계가 매우
어색해질 것이다. 사람이란 품고 있는 의혹이 풀려야지만 경

계심도 따라서 풀어지게 마련이다.

또한 대화를 푸는 열쇠는 대화 그 자체다. 그래서 그는 자신이 흑청사 문신을 찾으려고 천하를 떠도는 중이라고 설명을 해주었다.

"흑청사 문신이라……."

곤명을 비롯한 운남성에 대해서 모르는 것이 없는 여운부는 고개를 모로 꼬면서 중얼거렸다.

"모르겠는데? 전혀 들은 적이 없소. 내가 모른다면 운남성에는 흑청사 문신 같은 건 없는 게 분명하오."

"나도 들어본 적 없소."

쾌도비의 짧은 설명을 듣고 난 여운부와 동린은 고개를 절레절레 가로저었다.

쾌도비는 이들에게 기대하지 않았으므로 실망하지도 않았다.

"그런데 왜 흑청사 문신을 찾는 것이오?"

동린의 물음에 쾌도비는 고개를 저었다.

"거기까지만 하지."

대화를 나누는 동안 네 사람은 거의 열 병의 술을 다 마셔가고 있었으며 취기가 꽤 올랐다.

"나는 우리가 예전처럼 변함없이 지냈으면 좋겠네."

쾌도비는 진지한 표정으로 말했다.

여운부와 동린, 임청유는 쟁쟁한 탈명도쯤 되는 쾌도비가 대체 뭐가 아쉬워서 자신들에게 이러는지 짐작했다. 지금까지 술을 마시면서 그의 진심을 읽은 것이다. 그는 누구보다도 인간적인 사람이었다.

여운부가 약간 조심스러운 표정으로 쾌도비를 쳐다보았다.

"전혀 변함없이?"

"그렇네."

"좋아. 나는 찬성한다."

여운부는 싱긋 미소 지으며 쥐고 있던 술잔을 들어 올렸다.

"탈명도가 친구라니… 간이 다 떨려서 죽을 것 같네. 이런 제기랄! 나도 무조건 찬성."

동린이 말과는 달리 히죽히죽 웃으며 잔을 들었다.

그러나 임청유는 고개를 숙인 채 가만히 있었다. 세 사람이 잠시 기다렸으나 그는 고개를 들 생각을 하지 않았다.

쾌도비는 자세한 것은 모르지만 그가, 아니, 그녀가 왜 그러는지 조금쯤은 심작했다.

그는 임청유가 남장여인이라는 사실을 처음 보는 순간 직감했었다.

하지만 무슨 사연이 있을 것이라고 생각하여 모른 체해주었다. 사람이란 다 사연이 있게 마련이다.

"나는……."

침묵을 좋아하는 쾌도비는 물론 말 많고 참을성 없는 여운부와 동린도 참을성 있게 기다린 끝에 임청유는 고개를 들고 입을 열었다. 그런데 두 눈에 눈물이 가득 고였으며 울먹이고 있었다.

"이런… 청유. 자네 왜 그래?"

여운부와 동린이 놀라서 허둥거리는데 임청유는 머리 위에서 비녀를 뽑아 틀었던 머리카락을 풀어헤쳤다.

그러자 곧 긴 머리카락을 흩날리는 어여쁜 여자의 모습이 드러났다.

그러나 여운부와 동린은 그게 무엇을 뜻하는지 금세 알아차리지 못했다.

원래 예쁜 여자처럼 곱상한 용모의 그녀가 단지 머리 하나 풀어헤쳤을 뿐이기 때문에 변함없는 얼굴이라고 생각한 것이다.

임청유는 눈물을 흘리며 두 손을 벌려 보였다.

"보다시피 나는 여자예요."

그녀는 일부러 굵은 남자 목소리를 내왔던 것을 그만두고 본래 여리고 상냥한 목소리로 말했다.

"……"

여운부와 동린은 멍한 표정을 짓더니 동시에 그녀의 가슴을 쳐다보았다.

여자라면 젖가슴이 솟았기 때문이다. 그래서 확인하려고 뚫어지게 주시했다.

하지만 그녀는 평소에 풍만한 젖가슴을 감추려고 긴 천으로 힘껏 눌러서 감아두었기 때문에 그저 조금 봉긋한 정도일 뿐이다.

짜짝!

"어딜 감히!"

확 부끄러움을 느낀 임청유의 두 손이 허공을 날았고 여운부와 동린의 뺨에 불꽃이 작렬했다. 그리고 방금 그녀의 외침은 분명히 가늘고 날카로운 여자의 목소리였다.

두 사람은 뺨을 쓰다듬으며 멀뚱한 표정으로 중얼거렸다.

"여자 맞군."

"응. 틀림없어."

임청유는 입술을 깨물면서 착잡하고 분한 표정을 지었다.

"사실 나는… 위험을 피해서 모습을 감춘 거예요……."

여운부와 동린은 부풀어 오른 뺨을 쓰다듬으면서 망연히 임청유를 쳐다보았다.

두 사람의 표정은 '무지하게 아름답지 않은가!' 라고 말하고 있었다.

"흉적에 의해서 부모님과 형제자매가 모두 참변을 당하고 간신히 나 혼자만 살아남아서 흉수의 손을 피해 떠돌다가 여기까지 온 거예요……."

쾌도비는 가볍게 고개를 끄덕였다.

"이해한다."

그는 아까 자신이 자봉공주의 부름으로 호위무사가 되었다고 대답했을 때 임청유가 안도의 표정을 지은 이유를 이제야 알게 되었다.

그녀는 혹시 쾌도비가 자신을 죽이러 왔을지도 모른다고 생각했던 것이다.

"으흐흑……!"

그런데 갑자기 슬픔이 복받친 임청유는 쾌도비에게 쓰러질 듯이 안기며 울음을 터뜨렸다.

여운부와 동린이 부러운 표정으로 쳐다보는 가운데 쾌도비는 임청유를 밀쳐내지도 못하고 그저 어정쩡하게 그녀의 등을 토닥거렸다.

第六章

침선파부(沈船破釜)

——배를 가라앉히고 솥을 깬다

하루 사이에 많은 변화가 일어났다.

쾌도비의 탈명도라는 별호가 몇몇 사람에게 밝혀졌으며, 임청유가 여자였다는 사실이 쾌도비와 여운부, 동린에게 드러났다.

몇 가지 변화는 쾌도비의 탈명도라는 신분 때문에 일어났다. 그가 그 사실을 밝히지 말아달라고 말했는데도 불구하고 쉬쉬하면서 오조의 조원들은 쾌도비가 탈명도라는 사실을 다 알게 되었다.

관백과 그의 패거리가 벌벌 떨면서 쾌도비에게 굽실거리

는데 이상하게 생각하지 않을 조원이 어디에 있겠는가.

이조장 당석호가 비밀을 지키겠다고 말했지만 하는 꼴로 봐서는 신뢰하기 어렵다. 당석호 쪽이든 관백 쪽이든 쾌도비의 실체가 호위대뿐만 아니라 자봉공주 주소옥의 귀에까지 들어가는 것은 시간문제다.

만약 그렇게 된다면 여길 떠날 수밖에 없다고 쾌도비는 생각했다.

여기 사람들이 그를 어려워하거나 수군거리는 것도 싫지만, 탈명도가 이곳에 있다는 소문이 퍼지면 원한이 있는 자들이 몰려들 수도 있기 때문이다. 갈 길이 멀고 바쁜데 예서 발목을 잡힐 수는 없다.

그러면 주소옥 모르게 창룡도를 돌려주고 나서 흔적 없이 사라져야 한다.

쾌도비에게 혹이 붙었다. 청향이라는 예쁜 혹이다.

오늘 쾌도비 쪽 네 명과 칠호 마차의 시녀 네 명이 함께 보안현 내로 놀러 나가기로 약속한 일은 결국 강행되었다.

쾌도비가 탈명도라는 사실, 그리고 그가 보안현 인근의 혹청사 문신에 대해서 알아봐야 한다는 사실을 알게 된 여운부와 동린은 시녀들과의 약속 같은 것은 취소하면 된다고 입을 모았으나 쾌도비가 그냥 진행시켰다.

남자로 행세하던 임청유가 여자라는 사실이 밝혀졌기 때문에 사실상 그 약속은 사 대 사 짝이 맞지 않게 되었다.

임청유도 쾌도비와 같은 생각이다. 자신들 두 사람 때문에 여운부와 동린이 그토록 원하는 시녀들과의 약속이 취소되는 것을 원하지 않았다.

그래서 임청유는 계속 남자 행세를 하는 쪽으로, 그리고 쾌도비는 보안현 내를 조금 구경하다가 슬쩍 빠져나가는 것으로 얘기를 맞추었다.

그런데 주루에서 쾌도비가 급한 일이 있어서 먼저 가야겠다고 양해를 구하고 나가려는데 갑자기 청향이 울음을 터뜨렸다. 그래서 할 수 없이 그녀를 데리고 나온 것이다.

수줍음 많은 청향이지만 쾌도비와 단둘이 되자 너무 기쁜 나머지 행복에 겨운 표정을 감추지 못했다. 자신의 표정이 어떻다는 것을 알아차리기에는 그녀는 지나칠 정도로 행복에 푹 빠져 있었다.

그래서 결국 쾌도비는 이곳에서 흑청사 문신에 대해서 알아보는 것은 포기하기로 했다.

보안현은 귀주성에서도 서쪽 변방에 위치한 작은 현이다. 샅샅이 살펴보지 않아서 약간 찜찜하긴 하지만, 그렇게 눈을 까뒤집고 찾아도 없던 흑청사 문신이 이런 외지에 있을 리 없다는 생각이 어느 정도 위로가 돼주었다.

늦은 오후 무렵. 쾌도비는 청향과 함께 보안현의 이름난 명소를 두루 구경하고 나서 늦은 점심을 먹기 위해서 주루에 들었다.

그가 요리를 주문하고 있는 동안에도 맞은편에 앉은 청향은 행복한 표정을 감추지 못했다.

여기저기 다니면서 쾌도비가 사준 여러 가지 잡다한 물건, 즉 머리장식이나 비녀, 노리개들을 탁자에 늘어놓고 구경하면서 머리나 옷에 꽂았다가 빼기를 반복하느라 정신이 없는 상태다.

쾌도비는 어제까지만 해도 여자에게 그런 것들을 사줘야 한다는 사실도 알지 못했었다. 그저 거리를 가다가 청향이 어떤 물건을 보면서 갖고 싶다는 표정을 짓는 것을 보고 사주었을 뿐이다.

그는 청향이 어린아이처럼 기뻐하는 모습을 응시하면서 자신도 모르게 빙그레 엷은 미소를 지었다.

누군가 사기로 인하여 기뻐하고 있다는 사실이 좋았다. 그러면서 문득 저기에 앉아 있는 사람이 누나였으면 좋겠다는 생각을 해보았다.

그가 기억하는 한 누나는 처음부터 끝까지 모진 고생만 하다가 마지막 순간에도 몹쓸 병에 걸려서 온몸이 썩어 문드러져서 죽음을 맞이했었다.

그는 문득 기분이 쓸쓸해져서 창밖으로 시선을 돌려 거리를 내다보았다.

그때 그의 눈이 조금 커졌다. 그의 시선 끝에 거리 저쪽에서 두 사내가 걸어오고 있었다. 그중 한 사내의 얼굴이 낯익었다.

'그자다!'

순간 그는 속으로 외쳤다. 그가 진녕현에 갔다가 곤명으로 돌아오던 날, 전지호수 낙조대 근처 숲에서 주소옥을 공격했던 여섯 명의 흑의인 중에 한 명이 분명했다.

쾌도비는 선천적으로 타의 추종을 불허할 정도의 놀라운 기억력을 지니고 있다. 그 무엇이든 한 번만 보면 죽을 때까지 잊어버리지 않는 기억력이다.

그때 그는 단 한 번이었더라도 여섯 명의 흑의인을 오랫동안 지켜봤었다. 더구나 지금 그가 보고 있는 자는 절대로 잊을 수가 없다.

그가 주소옥을 안고 계류 물속에 웅크린 채 숨어 있을 때 계류 가장자리를 뚫어지게 주시했던 흑의인이 바로 저자이기 때문이다.

그런데 뜻밖에도 저자가 여기 보안현에 나타났다. 그때처럼 흑의를 입지 않았으며 평범한 황의 경장에 무기도 지니지 않았지만 쾌도비는 즉시 알아보았다.

주소옥은 현재 보안현 외곽 평원에 진영을 치고 그곳에 머물고 있다.

아니, 호위대에게 휴가를 주었으니까 그녀도 이곳에서 하루를 쉬면서 보낼 예정인 것이다. 그러므로 지금쯤 그녀는 보안현 어딘가에서 한가롭게 유람 따위를 하고 있을지도 모르는 일이다.

이곳에 주소옥이 있는데 그를 죽이려고 했던 흑의인이 나타난 것이 과연 공교로운 우연인가.

절대 아니다. 흑의인은 다시금 주소옥을 죽이기 위해서 나타난 것이 틀림없다.

주소옥을 한 번 죽이려고 했던 무리이므로 무슨 일이 있어도 암살을 포기하지 않을 것이다.

그러나 주소옥이 남령부 안에 틀어박혀 있으면 죽이는 것이 불가능하다.

남령부는 수많은 고수와 군사가 인의 장막을 치고 있으므로 철옹성이나 다름이 없다.

그렇기 때문에 주소옥을 죽이려면 그녀가 남령부에서 나왔을 때뿐이다.

비록 사백오십 명의 호위대와 왕궁무사, 남령군 군사들이 그녀를 겹겹이 호위하고 있더라도 남령부에 잠입해서 암살하는 것보다는 훨씬 나을 터이다.

흑의인들은 절호의 기회를 노릴 것이며, 이번에는 절대로 실패하려고 하지 않을 것이다.

"청향 낭자. 잠시 이곳에서 기다리시오."

쾌도비는 흑의인이 주루 앞을 지나쳐서 멀어지는 뒷모습을 눈으로 쫓다가 급히 밖으로 달려나갔다.

"아… 저기……."

뒤에서 청향이 당황한 목소리로 뭐라고 한 것 같았으나 귀에 들어오지 않았다.

*   *   *

유시(저녁 6시)가 조금 못 된 시각에 쾌도비는 진영으로 돌아왔다.

그는 진영 안으로 진입하다가 가장 먼저 보이는 두 명의 왕궁무사에게 말했다.

"총교는 어디에 있소?"

왕궁무사는 호위무사 복장을 하고 있는 쾌도비에게 위압적으로 물었다.

"네가 총교는 왜 찾느냐?"

"매우 중요한 일이오. 어서 총교를 만나게 해주시오."

두 명의 왕궁무사는 같잖다는 표정을 지었다.

"우리에게 말해라. 들어보고 나서 정말 중요한 일이라면 총교님께 보고하겠다."

쾌도비는 성질이 벌컥 치밀어 올라서 번개같이 왼손을 내밀어 왕궁무사 한 명의 멱살을 움켜잡는 것과 동시에 오른발을 슬쩍 내밀어 다른 왕궁무사의 정강이를 짧고 가볍게 걸어찼다.

파팍!

"끄윽!"

"윽!"

정강이를 걸어차인 왕궁무사는 푹 고꾸라지고 멱살을 잡힌 왕궁무사는 숨이 막혀 얼굴이 새빨개졌다.

그가 두 손으로 왕궁무사 두 명의 멱살을 잡지 않은 이유는 누나가 죽어가면서 위험한 일이 아니면 오른팔을 사용하지 말라고 당부했기 때문이다.

"어서 말해라! 총교는 어디에 있느냐?"

쾌도비는 왼손으로 왕궁무사의 멱살을 흔들면서 다그쳤다. 그는 왕궁무사나 남령군의 조직체계에 대해서는 아는 바가 선혀 없나.

알 필요가 없었기 때문인데 그래서 호위 행렬의 최고우두머리인 총교의 거처가 어딘지도 모른다.

주소옥에게 달려가 봤자 소용이 없다. 이런 일은 무사와 군사를 통솔하는 총교에게 알리는 것이 더 빠르다.

"무슨 일이냐?"

갑자기 호통성이 터지더니 주위에 있던 왕궁무사들이 우르르 몰려들었다.

다급한 상황에 일이 꼬이고 있다. 쾌도비는 잡고 있던 왕궁무사의 멱살을 놓아주며 몰려드는 왕궁무사들을 씁쓸한 표정으로 둘러보다가 눈을 빛냈다.

아는 얼굴을 발견한 것이다. 달려오고 있는 왕궁무사들의 선두에 어젯밤 청향에게 마차의 술을 내주라고 지시했던 바로 그 상교의 모습이 보였다. 그는 상교에게 마주 다가가면서 급히 말했다.

"급한 일이오. 총교를 만나게 해주시오."

왕궁무사 수십 명이 도검을 뽑아 쥐고 쾌도비를 포위하고 있는 상황에서 상교는 굳은 표정으로 그를 쏘아보았다.

"총교께선 이곳에 계시지 않는다."

쾌도비는 슬쩍 눈살을 찌푸렸다.

"혹시 공주님을 모시고 가셨소?"

"네놈이 그걸 어떻게 아느냐?"

상교는 움찔하더니 험악한 표정을 지었다. 당장에라도 공격명령을 내릴 것 같은 분위기다.

쾌도비는 침착하려고 애썼다. 아무리 마음이 급해도 실을 바늘허리에 묶어서는 바느질을 할 수가 없는 법이다.

“나에 대해서 얼마나 아시오?”

“총교께서 상교와 중교들에게만 명령하시기를 너를 특별히 잘 봐주라고 하셨다.”

총교가 자초지종은 이야기하지 않은 모양이다. 하긴 총교쯤 되는 인물이 그처럼 입이 가볍겠는가.

“잠깐 나 좀 봅시다.”

상교는 의심스러운 표정을 지었으나 총교가 특별히 봐주라고까지 말한 쾌도비이기에 왕궁무사들을 물러가게 하고 그와 단둘이 남았다.

“사실 공주께선 곤명 전지호수 인근에서 괴한들의 습격을 당하신 적이 있었소.”

상교로선 처음 듣는 말이다. 하지만 전지로 산책을 나갔던 자봉공주가 실종되어 남령부가 발칵 뒤집혔던 일이 있었다는 사실은 잘 알고 있다.

그 자신이 왕궁무사들을 이끌고 공주를 찾느라 동분서주했었기 때문이다.

“그때 공주님을 습격했넌 사틀이 오늘 노나시 공주님을 습격할 계획이라는 것을 알아냈소.”

“뭣이?”

상교의 얼굴에 경악지색이 가득 떠올랐다.

쾌도비가 긴장된 표정으로 급히 물었다.

"공주께서 혹시 외부에 나가 계시지 않소?"

우두두두…….

수십, 아니, 수백 필의 인마가 천둥처럼 지축을 울리면서 질주하고 있다.

선두에서는 쾌도비와 상교가 달리고 그 뒤를 왕궁무사들과 진영에 남아 있던 호위무사들, 그리고 남령군 군사 도합 사백여 명이 내달리고 있다.

다행히도 상교는 머리 회전이 빨라서 쾌도비의 처음 몇 마디만 듣고서도 사태의 위급함을 즉시 알아차렸다.

쾌도비의 말과 현재 자봉공주의 상황을 맞춰보니까 딱 맞아떨어졌기 때문이다.

쾌도비는 말을 달리면서 전음입밀의 수법을 발휘하여 상교에게 자신이 보안현 거리에서 직접 겪었던 일들을 간략하게 설명해 주었다.

즉, 전지호수 인근에서 자봉공주를 습격했던 흑의인 중에 한 명을 쾌도비가 보안현 거리에서 우연히 발견하여 그의 뒤를 미행한 것부터 얘기했다.

쾌도비가 두 명의 흑의인을 미행하여 도착한 곳은 보안현에서 동쪽으로 이십여 리 떨어진 청륭(晴隆)이라는 마을의 어느 평범한 장원이었다.

두 명의 흑의인은 장원 깊숙한 곳에 이르러 우두머리에게 무슨 보고를 하였다.

쾌도비는 잠입이나 은신에는 일가견이 있으며 장원은 그다지 경계가 심하지 않아서 두 명의 흑의인이 우두머리에게 하는 보고를 자세히 들을 수 있었다.

결론적으로 말하자면, 두 명의 흑의인은 자봉공주 진영에서 누군가를 만나고 오는 길이었다.

즉, 첩자다. 첩자에게서 오늘 밤에 자봉공주가 보안현 남쪽에서 벌어지는 귀주성에서 가장 유명한 축제 중 하나인 신등축제(神燈祝祭)에 구경 갈 것이라는 사실을 알아내서 우두머리에게 보고를 한 것이다.

이후 우두머리는 측근들과 긴밀하게 상의를 한 후에 수하들을 불러 모아 오늘 밤 보안현 남쪽 마별하(馬別河)의 신등축제에서 자봉공주를 암살한다고 밝혔다.

물론 어떤 식으로 암습을 한다는 것까지도 쾌도비는 자세히 들었다.

마별하의 신등축제는 술시(戌時:밤 8시경)에 시작인데 쾌도비와 상교 일행이 도착한 것은 반 시진 전이었다.

쾌도비가 청룡의 장원에 잠입하여 알아낸 정보에 의하면

흑의인들은 신등축제가 시작되면서 분위기가 소란스러워지면 급습을 개시한다고 했으니 아직은 최소한 반 시진의 시간적 여유가 있는 셈이다.

쾌도비가 서둘렀으며 상교가 말귀를 제대로 알아들었기에 반 시진 일찍 도착하는 것이 가능했다.

총교 아래에는 한 명의 상교와 세 명의 중교(中敎)가 있으며, 첩자는 중교 중 한 명이었다.

그자는 현재 총교, 이십 명의 왕궁무사와 함께 자봉공주를 호위하여 이곳 마별하에 나와 있는 상태다.

암습에서는 첩자인 중교가 매우 중요한 역할을 담당하게 될 것이다. 신등축제를 구경하러 온 유람객인 것처럼 변장한 흑의인들이 자봉공주 근처로 접근하여 한순간 일제히 급습을 개시하면, 총교와 중교, 왕궁무사들이 자봉공주를 에워싸고 호위를 할 때 첩자인 중교가 자봉공주를 죽인다는 치밀한 계획이다.

이것은 만약 쾌도비가 미리 알아내지 않았다면 자봉공주는 꼼짝없이 당할 수밖에 없는 완벽한 함정이다.

아니, 현재로써도 자봉공주는 위험에 노출되어 있는 상황이다. 첩자 중교는 여전히 그녀 곁에 그림자처럼 붙어 있으며, 총교는 이런 사실을 전혀 모르고, 쾌도비와 상교는 아직 적절한 조치를 취하지 않았기 때문이다.

쾌도비와 상교, 그리고 사백여 명은 신등축제가 벌어질 마별하에서 삼백여 장쯤 떨어진 곳 계곡 안에 아무도 모르게 은 신했다.

"자네 생각은 어떤가?"

계곡 입구 쪽에 서서 밖을 내다보고 있는 상교가 잠시 동안 뭔가를 골똘하게 생각하다가 좋은 방법이 떠오르지 않는지 미간을 좁히면서 옆에 있는 쾌도비에게 물었다.

총교가 없는 상황에서는 상교인 자신이 지휘자이면서도 쾌도비의 의견을 물은 것이다.

물론 상교가 독단으로 암습에 대처할 수도 있다. 대다수의 인물이라면 아마 그렇게 할 것이다.

사백여 명이나 이끌고 왔으니까 자봉공주를 암습으로부터 보호하는 것은 무조건 가능하다고 여길 테니까 말이다. 그리 하면 장차 공과 상은 전부 상교에게 돌아올 것이다.

그러나 상교는 공과 상보다는 자봉공주를 완벽하게 보호 하는 것과 동시에 암습자들을 한 명도 남김없이 죽이거나 제 압해야 한다는 생각이다. 그래야지만 배후를 알아낼 수 있을 테니까 말이다.

그러기 위해서는 이 암습 사선을 세보하고 누구보다 이 일 에 대해서 잘 알고 있는 쾌도비의 의견이 반드시 필요하다고 판단했다.

쾌도비는 물끄러미 계곡 밖 마별하 쪽을 응시하다가 조용히 입을 열었다.

"우리가 놈들의 급습을 미리 알고 있다는 사실을 그들이 몰라야 하오."

"그렇지."

"그러려면 양쪽에서 따로 움직여야 할 것 같소."

계곡 안쪽 멀지 않은 곳에서 호위대 이조장 당석호와 오조장 관백, 그리고 다른 조장 한 명과 호위무사들이 이쪽을 유심히 주시하고 있다.

저녁이라서 호위대 백 명 중에 칠십여 명이 휴가에서 돌아와 쉬고 있다가 출동했다.

당석호와 관백, 한 명의 조장은 쾌도비가 상교와 이번 작전에 대해서 의견을 교환하는 것을 보면서 과연 탈명도는 뭐가 달라도 다르다고 생각했다.

다른 한 명의 조장은 이미 쾌도비가 탈명도라는 사실을 알고 있다.

쾌도비가 자신의 신분을 발설하지 말라고 당석호와 관백 등에게 말했고 당석호와 관백은 그 말을 지켰으나 입이 근지러운 주변의 인간들은 가만히 있지 못했다. 그래서 호위무사 중에서 알 만한 사람은 다 알고 있는 상황이다.

"어떻게 말인가?"

양동작전이라는 말인데 상교는 구체적인 작전을 물었다.

"내가 공주를 옆에서 보호할 테니까 상교는 놈들이 습격을 개시하면 남령군으로 포위망을 치고 왕궁무사와 호위대로 적들의 바깥쪽을 공격하는 것이 좋겠소."

평소 하루 종일 두어 마디밖에 하지 않는 쾌도비로서는 매우 많은 말을 하고 있다.

"필경 방(方) 중교란 놈은 공주님 옆에 바짝 붙어 있을 텐데 자네 혼자로 되겠나?"

첩자 중교의 성이 '방' 이었다. 그런데 상교의 쾌도비에 대한 말투가 조금 달라졌다. 쾌도비가 중요한 정보를 가져왔으며 현재도 상교 자신과 의견을 나누고 있으므로 존중해 주는 것이다.

그러나 상교는 지난번 괴한들의 습격에서 쾌도비가 자봉 공주를 구했다는 사실을 아직 구체적으로 모르고 있으므로 그 혼자서 그녀를 보호할 수 있을지 의구심이 들었다.

그때 계곡 안쪽에 있던 당석호가 상교에게 넌지시 말했다.

"상교, 그분은 탈명도외다."

"탈명도?"

상교는 당석호와 쾌도비를 번갈아보면서 순간적으로 그게 무슨 뜻인지 알아듣지 못했다.

당석호가 답답하다는 듯 설명했다.

"강호에서 명성이 쟁쟁한 탈명도를 모른다는 말이오?"

상교는 멀뚱하게 쾌도비를 쳐다보며 눈을 껌뻑거리다가
한순간 탈명도가 무엇인지 생각이 나서 깜짝 놀랐다.
"아! 그 탈명도!"

계곡에서 쾌도비 혼자 쏜살같이 달려나와 잠시 후에 마별
하에 이르렀다.
신등축제에서는 종이로 만든 각양각색의 예쁜 등 안에 작
은 촛불을 피우고 등에 소원을 적은 긴 종이 꼬리를 붙여서
하늘로 날려 보낸다.
또한 종이배와 나무로 깎아서 만든 화려한 배에 촛불을 피
우고 역시 소원을 적은 깃발을 달아서 마별하 강에 띄워 보내
기도 한다.
신에게 등을 날리고 띄워 보내서 소원을 이루게 해달라는
의미에서 신등축제라 이름을 지었다고 한다.
마별하 강변 서쪽에는 수백 명이 모여서 각자 만들어 갖고
온 신등과 종이배, 나무배를 소중하게 들고 있으며, 그보다
많은 구경꾼이 강둑 위에 늘어서 있었다.
이제 곧 보름달이 강 건너 반안산(盤岸山) 정상 꼭대기 위로
솟아오르면 일제히 신등을 하늘에 날리고 종이배와 나무배를
강물에 띄워 보내게 될 것이다.
쾌도비는 강둑 위에서 아래쪽 강변을 재빨리 둘러보다가

어렵지 않게 주소옥을 발견했다.

그녀가 있는 곳은 왕궁무사들이 들고 있는 등불 때문에 매우 밝았으며, 주소옥 앞에는 가장 크고 화려한 신등과 배 여러 개가 놓여 있었다.

그 가운데 최고급의 옷을 입고 있는 주소옥의 아름답고 빛나는 모습은 모두의 이목을 사로잡기에 충분했다.

그녀는 크고 화려한 의자에 파묻히듯이 앉아 있으며 좌우에는 측근 시녀 두 명이, 그리고 뒤 오른쪽에 총교가, 그리고 왼쪽에 한 명의 무사가 서 있었다.

왼쪽의 무사는 왕궁무사들하고는 다른 홍의 경장을 입고 둥근 모자를 쓴 자인데 쾌도비는 홍의 무사가 첩자인 방 중교일 것이라고 짐작했다.

쾌도비는 주소옥 주위를 살펴보았다. 이십 명의 왕궁무사가 강 쪽을 제외한 방향에서 그녀를 둥글게 두 겹으로 널찍하게 에워싼 형태이다.

그 바깥쪽에는 신등축제에 참가한 사람들로 인산인해를 이루었다.

그들 남녀노소는 하늘이나 강에 등을 띄울 순비를 하거나 주소옥을 구경하느라 북새통이었다.

쾌도비는 그들 중에서 건장한 사내들을 발견했다. 주소옥을 급습한다는 사실을 모르고 보면 별로 의심이 가지 않지만 알고서 보니까 한눈에 알 수 있었다.

통일된 복장이 아닌 각양각색의 옷을 입었으며 무기는 지니지 않았는데, 각자 종이배를 하나씩 들고 있었다. 신등축제에 참가한 것처럼 보이려고 꾸몄지만 쾌도비의 눈은 속이지 못했다.

그들이 갖고 있는 종이배가 한 사람이 만든 것처럼 모두 똑같은 모양이었다. 그런데 쾌도비가 예상했던 것보다 사내의 수가 꽤 많았다.

대충 살펴보기에도 이십여 명은 되는 것 같았다. 아니, 그 바깥쪽에 더 많은 사내가 눈에 띄었다.

전부 합쳐서 오십여 명은 되는 것 같았다. 어쩌면 그보다 더 많을 수도 있다.

이런 상황에서 습격이 개시되면 총교와 왕궁무사 이십 명으로는 도저히 당해내지 못한다. 쾌도비가 있다고 해도 오십여 명의 적은 무리다. 또한 적들의 무위가 어느 정도나 되는지 전혀 모르는 상황이다.

그렇지만 잠시만 버티고 있으면 상교가 이끄는 사백여 명이 들이닥칠 것이다.

지금 다시 계곡으로 돌아가서 적이 예상보다 많다는 사실에 대해서 상의하기에는 너무 늦다.

갔다가 돌아오는 사이에 신등축제가 시작되고 놈들이 습

격을 감행한다면 주소옥은 절체절명의 위기에 빠진다. 그녀 옆에 방 중교가 그림자처럼 붙어 있으므로 적의 습격과 동시에 그녀는 죽을 가능성이 매우 크다.

뿐만 아니라 강변에 신등축제에 참가한 사람이 너무 많다는 것도 골치 아픈 문제다.

습격이 시작되면 일대 혼란이 벌어질 테고, 상교가 왕궁무사와 호위대를 이끌고 적의 바깥쪽을 공격하게 되면 인파가 벽 역할을 하게 된다. 그러나 지금으로썬 어떻게 해볼 방법이 없다. 사람들을 소개시킬 방법이 없고 그러기에는 너무 늦었다.

쾌도비는 강둑에서 아래로 뛰어내려 인파를 헤치면서 주소옥에게 다가갔다.

적이라고 짐작하는 자들이 그가 지나가자 날카롭게 힐끗거렸으나 모른 체하면서 빠르게 걸어갔다.

오늘이 휴가라서 호위무사 복장을 벗고 평소 복장으로 갈아입고 있었던 터라 놈들은 쾌도비를 의심하지 않았다.

마음 같아서는 놈들을 스쳐 지나면서 급습을 가해 몇 놈 죽이고 싶지만 그리뇌면 주소옥 옆에 바짝 붙어 있는 빙 중교가 즉각 행동을 개시할 것이다.

이윽고 두 겹으로 방어막을 형성하고 있는 왕궁무사 앞에 도착했다.

“물러나라.”

쾌도비를 본 적이 없는 왕궁무사 하나가 낮은 목소리로 눈을 부라리며 으름장을 놓았다.

그러나 쾌도비는 그를 무시하고 방어막 안쪽 의자에 앉아 있는 주소옥을 쳐다보며 나직이 불렀다.

“공주님.”

“이놈이?”

왕궁무사가 어깨의 검을 잡으면서 한 걸음 앞으로 나서고 있을 때 주소옥이 왕궁무사보다 머리 하나는 더 큰 쾌도비를 발견했다.

그녀 뒤쪽 좌우에 서 있는 총교와 방 중교도 쾌도비를 쳐다보고 있었다.

주소옥은 쾌도비를 보고서도 표정의 변화가 전혀 없이 나직하게 말했다.

“무슨 일이냐?”

평범한 사람들은 흉내조차 내기 어려운 표정이고 말투다. 그래서 그녀는 어쩔 수 없는 황족이다.

“공주님. 이자가 접근하기에…….”

“너 말고 저자에게 물었다.”

왕궁무사가 급히 몸을 돌려 보고하려는데 주소옥이 그의 말을 끊었다.

쾌도비는 공손한 자세를 취했다.

"공주님, 가까이 가도 되겠습니까?"

주소옥은 표정이 조금도 변하지 않은 채 냉엄하게 물었다.

"무슨 일이냐고 묻지 않느냐?"

도도하고 지체 높은 공주의 위엄이 풀풀 풍겼다.

지금 쾌도비로서는 주소옥에게 육성으로든 전음으로든 진실을 알려줄 수가 없다.

알게 되면 그녀는 분명히 어떤 동작을 취할 것이다. 놀라거나 방 중교를 쳐다보는 작은 동작 하나에도 일을 그르치게 될 수도 있다.

할 말이 궁해진 쾌도비는 자신이 생각해도 바보 같은 변명을 생각해 냈다.

"여기에 구경 왔다가 공주님을 뵈었기에… 가까이에서 모시고 싶어서 그럽니다."

그렇게 말을 해놓고는 주소옥 입가에 싸늘한 미소가 떠오르고 눈빛이 새초롬해지는 것을 발견했다.

그리고는 그녀는 쾌도비에게 더 이상 볼일이 없다는 듯 시선을 서두고 얼굴을 앞으로 했다.

그때 쾌도비는 어떤 생각이 났다. 얼마 전에 주소옥이 그를 불러서 뭔가 해줄 일이 없느냐고 물었을 때 그는 자신을 그냥 내버려 두라고 부탁했었다. 그래서 주소옥은 두 사람의 인연은 그로써 끝났다고 선언했었다.

지금 주소옥은 그것을 실천하고 있다. 그녀는 자신의 말에 책임을 지는 사람이다.

그래서 쾌도비를 철저하게 무시하는 것이다. 아니, 아예 모르는 사람이다. 공주인 그녀가 봤을 때 쾌도비는 그저 호위무사의 한 명일 뿐이다.

쾌도비는 마음이 조급했다. 괴한들이 언제 급습을 할지, 아니면 지금 급습을 개시한 것은 아닌지 고개를 돌려서 확인해볼 수도 없다.

괴한들은 분명히 지금 쾌도비를 주시하고 있을 것인데 그가 뒤돌아본다면 급습이 발각됐다는 사실을 눈치챌 수도 있기 때문이다.

결국 그는 최후의 수단을 사용할 수밖에 없게 되었다. 주소옥에게 사실을 알려주는 수밖에 없다.

단, 처음에 말을 할 때 절대 당황한 모습을 보이지 말라고 주의를 줘야만 한다.

쾌도비는 지금 상황에 대해서 최대한 짧고 간략하게 주소옥에게 전음으로 알려주었다.

그런데 전음을 끝내고 나서 주소옥이 아무런 반응도 보이지 않아 그는 이상한 생각이 들었다.

그녀는 아무것도 듣지 못한 듯 강물만 바라보고 있는 모습이다. 그렇다면 전음이 그녀에게 전해지지 않았다는 뜻일 수도 있다.

전음입밀이란 목표로 삼은 한 사람만 들을 수 있도록 목소리에 공력을 실어서 전달하는 방식이다.

그렇다면 지금 같은 경우 겨냥을 잘못하여 다른 사람에게 전음을 보낸 것일 수도 있다.

여러 사람이 섞여 있는 곳에서 한 사람을 지정하여 전음을 보내는 것은 쉽지 않지만 쾌도비에게는 그리 어려운 일이 아니다.

그런데 그것도 아니다. 그렇다면 누군가 전음을 듣고 놀라서 두리번거려야 하는데 아무도 그러는 사람이 없다.

한두 번 해본 전음도 아니거늘 쾌도비의 전음이 실패했을 가능성은 절대로 없다.

그때 주소옥이 정면을 주시한 채 오른쪽 뒤쪽에 서 있는 총교에게 조용히 명령했다.

"운(橒) 총교. 저자를 가까이 오라 해라."

그녀는 쾌도비의 전음을 들었다. 그러면서도 주호도 놀라거나 동요하지 않았다.

괴한들이 지금 자신을 암살하려고 한다는데 그걸 듣고서도 태연자약하다니, 여자로서 정말 대단한 수양심이며 자제

력이다. 쾌도비가 그녀를 과소평가했었다.

그 정도일 줄은 예상하지 못했다. 공주는 그저 아무나 되는 것이 아니었다.

총교 운능위(橒凌威)가 다가와서 왕궁무사들을 물리치고 쾌도비 앞에 마주섰다.

그는 아무 말도 하지 않고 한차례 쾌도비를 응시하더니 따라오라는 듯 몸을 돌리려고 했다. 그때 쾌도비가 재빨리 전음을 보냈다.

[잠시 동안 나를 보면서 아무 말이든 하시오.]

운능위의 미간이 슬쩍 찌푸려지는 것 같더니 고압적인 표정으로 꾸짖었다.

"너는 여기가 어디라고 찾아와서 귀찮게 구는 것이냐?"

쾌도비는 그가 호통을 치는 동안 재빨리 전음을 보냈다.

[공주님을 암살하려는 습격이 곧 시작될 것이오.]

운능위는 움찔하며 동공이 가볍게 흔들렸으나 다시 쾌도비를 꾸짖었다.

"신등축제 구경을 왔으면 조용히 있다가 갈 것이지 왜 귀찮게 구는 것이냐?"

[쳐다보지 말고 내 말만 들으시오. 내 뒤쪽 구경꾼들 속에 암습자가 오십여 명 섞여 있소. 그리고 모르긴 해도 반대편에도 그 정도의 암습자들이 있을 것이오. 그들은 신등축제가 시

작되면 공격할 것 같소.]

운능위의 눈빛이 또다시 가볍게 흔들렸다. 쾌도비는 그가 뒤쪽의 괴한들을 쳐다보지 말기를 바랐고 다행히도 그는 그렇게 해주었다.

"왜 아무 말이 없느냐?"

쾌도비는 꾸중을 듣는 것처럼 고개를 약간 숙이고 전음을 계속했다.

[방 중교가 첩자요. 그가 괴한들과 내통했소. 습격이 시작되면 그가 공주님을 암살할 것이오. 그리고 지금 강둑 너머 계곡 안에 상교가 사백여 명을 이끌고 대기하고 있소.]

쾌도비는 한꺼번에 많은 내용을 쏟아냈다.

주소옥은 아무 말도 하지 않고 전면만 응시하고 있다. 쾌도비와 운능위가 뭔가 계획을 세우고 있을 것이라고 짐작한 것이다.

[내가 방 중교를 견제하다가 제압할 테니까 총교는 적의 공격을 상대하시오. 갑시다.]

운능위의 표정이 굳어지고 눈빛이 복잡하게 변했다. 그는 쾌도비가 이곳에 온 이유를 비로소 깨달았나. 위험을 알리려고 상교 등을 이끌고 온 것이다.

"따라와라. 곧 축제가 시작된다."

운능위가 몸을 돌려 주소옥 곁으로 걸어가자 쾌도비도 따라갔다.

쾌도비는 주소옥의 앞쪽으로 가서 예를 취하고는 그녀 앞에 놓인 큼직한 등과 배를 가리켰다.

"소원을 뭐라고 적으셨습니까?"

주소옥은 그가 괜히 너스레를 떤다는 것을 알고 차갑게 손을 저었다.

"귀찮다. 뒤로 가서 서라."

쾌도비는 급히 물러나면서 주소옥 뒤 왼쪽에 서 있는 방 중교를 슬쩍 어깨로 밀어내려고 했다.

그러나 방 중교는 두 발이 땅속에 뿌리를 내린 듯 꼼짝도 하지 않았다.

그렇지만 쾌도비를 이길 수는 없다. 그가 움찔 힘을 주자 방 중교는 어쩔 수 없이 비틀거리며 서너 걸음이나 밀려나고는 날카롭게 쾌도비를 쏘아보았다.

그렇지만 방 중교로서는 어쩔 도리가 없다. 공주가 쾌도비더러 뒤에 가서 서라고 했기 때문이고, 지금 상황에 자리다툼으로 소란을 피워서는 안 되기 때문이다.

[어떻게 계획을 세웠느냐?]

쾌도비가 자리를 잡자마자 운능위가 정면을 주시하면서 전음으로 물었다.

[신등축제가 시작되는 순간 놈들이 공격을 개시할 것이

오. 그러면 혼란을 틈타서 방 중교가 공주님을 암살할 것이
오.]

[우리 쪽에서는?]

[총교와 나, 이곳의 왕궁무사들이 방 중교를 죽이고 놈들과
싸우고 있는 사이에 상교가 이끄는 호위대와 왕궁무사들이
달려올 것이고 남령군은 바깥에서 포위망을 형성하고 점차
좁혀올 것이오.]

운능위가 생각하기에도 지금 상황에서는 그보다 더 좋은
방법이 없을 것 같았다.

지금 당장 자봉공주를 모시고 이 자리를 뜨는 것도 생각해
봤으나 적들이 가만히 있지 않을 것이다.

바로 그때 운집한 사람들이 일제히 함성을 터뜨렸다.

"와아아! 반안산에 보름달이 떠올랐다!"

"우와아아! 등을 날리자! 배를 띄워라!"

운능위는 아차했다. 아직 이곳의 왕궁무사들에게 습격에
대해서 주의를 주지 못했는데 신등축제가 시작된 것이다.

그렇다고 적의 급습이 있을 것이라고 소리쳐서 알릴 수는
없다. 괜히 풀을 건드려서 뱀을 놀라게 하는 결과를 조래할
것이다.

"모두들 주위를 철저히 경계하라!"

다만 일상적인 명령처럼 그렇게 외쳤을 뿐이다. 그 속에 깊

은 뜻이 함축되어 있다는 것을 왕궁무사들은 아무도 알지 못했다.

쾌도비는 방 중교를 경계하고 운능위는 날카로운 시선으로 재빨리 주위를 둘러보았다.

문득 운능위는 시선이 왼쪽으로 향했을 때 흠칫 놀랐다. 과연 쾌도비의 말대로 그쪽에서도 건장한 사내 수십 명이 인파를 헤치면서 빠르게 다가오고 있는 것이 보였다.

적은 최소한 칠팔십 명에서 최대한 백여 명이다. 방 중교가 자봉공주를 암살하지 못하더라도 운능위 자신과 쾌도비, 이십여 명의 왕궁무사가 얼마나 버틸 수 있을지 장담할 수가 없다.

[놈들이 공격을 개시했소.]

초조한 표정의 운능위에게 쾌도비의 전음이 전해졌다. 본능적으로 그의 시선이 재빨리 좌우로 향했다.

좌우에서 수십 명의 사내가 손에 들고 있던 종이배를 내던지면서 빠른 속도로 왕궁무사들에게 쇄도하고 있는 광경이 보였다. 그것은 누가 보더라도 총공격이 분명했다.

"암습이다! 공주님을 호위하라!"

왕궁무사들은 습격 사실을 아직 모르고 있는데 운능위의 쩌렁한 외침이 정신을 번쩍 들게 만들어서 일제히 무기를 뽑으며 눈을 크게 뜨고 정면과 좌우를 살폈다.

그와 함께 수십 명의 괴한이 품속에서 한 자 남짓 길이의 칼을 꺼내면서 일 장까지 쇄도하고 있었다. 그들은 도검을 메고 있으면 의심을 살까 봐 짧은 칼을 품속에 감추고 있었던 것이다.

운능위는 상황 판단을 위해서 재빨리 주소옥과 쾌도비, 그리고 방 중교를 쓸어 보았다.

주소옥은 괴한들의 공격에도 아랑곳하지 않고 두 명의 측근 시녀와 함께 신등을 하늘로 날리고 있었다. 일부러 대범한 체하는 게 아니라 실제로 그녀는 아무것도 모르는 듯한 표정이다. 즉, 정말로 대범한 것이다.

그녀의 손을 떠난 신등이 하늘로 떠오르기 시작하자 그녀는 경건하게 두 손을 모으고 합장을 하면서 눈을 감고 소원을 빌었다.

쾌도비는 왼쪽 어깨의 도를 왼손으로 뽑아 쥐고 주소옥 뒤에 태산처럼 버티고 섰다.

그의 왼쪽에서 방 중교가 오른손에 검을 움켜쥔 채 주소옥에게 다가들고 있었다.

마치 적들의 공격으로부터 수소옥을 호위하려는 듯한 동작인데 쾌도비의 눈에는 그가 마침내 암살을 개시한 것으로 보였다.

콰차차차창!

싸움이, 아니, 괴한들의 총공격이 시작되면서 무기끼리 부딪치는 소리가 우렛소리처럼 터졌다.

근처에서 신등을 날리고 배를 띄우려던 인파는 난데없는 싸움에 놀라서 비명을 지르며 사방으로 흩어졌다.

주소옥은 두 시녀와 함께 이번에는 커다란 나무로 만든 배를 강에 띄우기 위해서 허리를 굽혔다.

타앗!

순간 기회를 포착한 방 중교가 곧장 주소옥을 향해 전력으로 짓쳐가면서 수중의 검을 머리 위로 치켜세웠다. 주소옥 뒤에 쾌도비가 서 있지만 별로 신경 쓰지 않는 듯했다. 호위무사 정도는 자신의 상대가 되지 못한다고 판단하거나, 그가 제지하면 그부터 먼저 죽이고 나서 주소옥을 죽이려는 것 같았다.

"쾌도비!"

운능위는 방 중교가 주소옥을 향해 검을 그어가는 것을 발견하고 다급하게 외쳤다.

쾌도비는 왼손에 창룡도를 쥐고 있지만 자세를 잡지 않은 상태고, 방 중교는 전력으로 주소옥을 공격해 가고 있기 때문에 누가 보더라도 쾌도비가 방 중교의 공격을 저지할 수는 없을 것 같았다.

운능위는 초조가 극에 달했다. 지난번에 쾌도비가 자봉공주를 구했다는 사실 때문에 그의 실력을 믿었는데 이제 보니까 그게 오판인 것 같았다.

방 중교는 쾌도비가 자신을 향해 뒤늦게 도를 휘두르는 것을 곁눈으로 보았지만 무시한 채 주소옥의 목을 겨냥하고 전력으로 검을 베어갔다.

지금 상황으로는 주소옥의 목을 자르고 나서 쾌도비를 상대해도 늦지 않다고 판단했다.

방 중교는 배를 띄우기 위해서 허리를 굽힌 주소옥의 목을 향해 회심의 일검을 그어 내렸다.

삭!

삭풍이 귓전을 스치는 미약한 소리가 듣기 좋았다. 당연한 일이지만, 자신의 검이 주소옥의 목을 베면서 일으키는 소리라고 생각했다.

그런데 이상한 일이 생겼다. 주소옥의 목을 정확하게 겨냥하고 검을 내리그었으나 그녀는 아무 일 없다는 듯 두 시녀의 시중을 받으면서 배를 띄워 보내고 있었다.

그녀의 손을 떠난 크고 화려한 배가 작은 물살을 일으키면서 징 중심으로 미끄러졌다.

방 중교는 뭔가 이상하다는 생각에 자신의 검을 쳐다보았다.

"……."

그런데 없다. 검만이 아니라 오른팔이 팔꿈치에서부터 보이지 않았다. 팔꿈치는 잘 드는 칼로 무를 자른 듯 매끄러운 단면이 보였다.

그리고 그의 멍한 시선이 땅으로 향했다. 그곳에 방금 전까지만 해도 그의 오른팔에 붙어 있었던 팔 하나가 검을 쥔 채 혼자서 꿈틀거리고 있는 것이 보였다.

그 광경을 눈으로 생생하게 보고 있으면서도 그는 순간적으로 믿어지지 않았다. 이런 일이 벌어질 상황이 아니었기 때문이다.

푸악…….

깨끗하게 절단된 자신의 오른팔 팔꿈치에서 뒤늦게 핏물이 확 뿜어져 나오는 것을 보고서야 그는 꿈을 꾸듯 몽롱함에서 현실의 냉엄한 세계로 한 발을 들여놓았다.

그리고 그 순간 극심한 고통과 공포가 뒤범벅되어 동시에 밀려들었다.

"크으으……."

그는 피가 뿜어지는 자신의 팔꿈치를 움켜잡고 비틀거리면서 얼굴을 일그러뜨렸다.

방 중교의 오른팔을 자른 쾌도비는 즉시 그의 마혈과 아혈을 간단하게 제압하고는 발로 차서 쓰러뜨렸다. 애초부터 방 중교 따위는 쾌도비의 적수가 되지 못했다.

왕궁무사들과 함께 적들을 상대하여 싸우고 있는 운능위
는 답답한 신음 소리에 힐끗 쳐다보다가 쾌도비가 방 중교의
혈도를 제압하는 것을 보고 크게 안도하여 한시름 놓고 다시
싸움에 전력을 쏟았다.

당분간은 쾌도비에게 자봉공주를 맡겨도 안전할 것 같아
서 마음이 놓였다. 하지만 어디까지나 포위망이 뚫리지 않았
을 경우에 한해서다.

강 쪽을 제외한 삼면에서 공격하고 있는 적의 수는 백여 명
에 달했다.

수적으로도 우위인데도 불구하고 그들의 무위는 왕궁무사
보다 고강했다.

그런 탓에 싸움이 시작되고 두 호흡이 지났을 때 왕궁무사
의 절반 십여 명이 피를 뿌리며 쓰러졌고 적은 세 명이 죽거
나 다쳤을 뿐이다.

계곡 안에 은신하고 있는 상교와 호위대, 왕궁무사들은 지
금쯤 이곳으로 달려오고 있는 중일 것이다.

문제는 운능위 자신과 남아 있는 십여 명의 왕궁무사로 그
때까지 버틸 수 있느냐는 것이다.

그러나 그런 생각을 하고 있는 중에도 치열한 싸움에서 왕
궁무사들이 앞다투어 죽어가고 있었다.

第七章

불감찬일사(不敢贊一辭)

―너무 훌륭하여 감히 칭찬의 말을 하지 못한다

결국 세 호흡도 되기 전에 왕궁무사가 모두 죽고 말았으며 적은 대여섯 명이 쓰러졌다.

이제 남은 사람은 쾌도비와 운능위, 주소옥, 그리고 두 명의 시녀뿐이었다.

"너희 둘은 그 자리에 앉아라!"

운능위가 수중의 검을 맹렬하게 휘두르면서 시녀들에게 소리치자 허둥거리던 두 시녀는 배를 띄우던 강가에 쓰러지듯이 주저앉았다.

적들의 표적은 자봉공주이므로 시녀들은 죽이지 않을 것

이라는 운능위의 판단이다.

"이리 오너라."

그런데 주소옥은 땅바닥에 주저앉아 있는 두 시녀의 손을 잡고는 태연하게 걸어서 원래 자신이 앉아 있던 위쪽의 커다란 의자로 걸어갔다.

그 바람에 쾌도비와 운능위는 그녀를 따라서 이동하며 적들의 공격에 대항해야만 했다.

쾌도비와 운능위는 주소옥이 앉은 의자를 사이에 두고 서로 등진 상태에서 적들과 싸웠다.

차차차창!

운능위는 그 자리에 우뚝 서서 소나기처럼 쏟아지는 적의 수십 자루 칼을 쳐내느라 정신이 없다.

지금은 적을 죽이는 것보다는 칼들을 물리치는 것이 더욱 중요하다.

피해서는 안 된다. 그러면 그 칼이 주소옥을 베거나 찌를 것이기 때문이다.

쏟아지는 수십 자루 칼을 물리치면서 동시에 적을 죽이는 것은 결코 쉽지 않다.

그래서 그는 쾌도비와 단둘이 남은 이후 적을 한 명도 죽이지 못하고 있는 상황이다.

그러다 보니까 점점 더 나쁜 상황이 전개되었다. 언제부터

인가 운능위는 자신의 전면에서 공격하는 적들의 칼만 쳐내기에 급급하게 되었다.

쾌도비와 그가 단둘이 등지고 싸운다는 것은 원형을 이룬 상태에서 공격해 오는 적들을 각각 반원(半圓)씩 감당해야 한다는 뜻이다.

즉, 운능위는 전면만이 아니라 좌우로 폭넓게 방어를 해야지만 반원을 감당하는 것이 된다.

그런데 지금 그는 좌우는 신경조차 쓰지 못하고 오로지 전면에서 공격해 오는 적들을 막아내기에도 벅찬 상황이다.

그것 때문에 그는 속이 타들어가고 있다. 쾌도비가 자신의 반원을 제대로 방어하고 있다 해도 운능위의 좌우가 뚫려 있기 때문에 주소옥이 위험할 수밖에 없다.

아니, 어쩌면 그녀는 이미 신음조차 지르지 못하고 죽었을지도 모른다.

그런데도 운능위는 지금 상황으로는 고개를 돌려서 주소옥의 안위를 확인을 해보는 것조차도 불가능하다.

단지 뒤쪽에서 조금 전부터 들려오고 있는 기이한 음향과 답답한 신음성을 듣고 있을 뿐이다.

투두두…….

"끅……."

"캑……."

그의 뒤에서는 흡사 빗방울이 지붕에 무질서하게 떨어지는 듯한 음향과 쥐어짜는 듯한 신음성이 어지럽게 터져 나오고 있었다.

둔탁한 음향이 무엇인지는 알 수 없으나 신음성은 적들이 죽어가면서 내는 단말마라는 것은 짐작할 수 있다. 그리고 또한 그것이 쾌도비에 의해서일 것이라는 추측이 일말의 위안이 돼주었다.

쾌도비는 말 그대로 가을 논에서 추수를 하듯이 적들을 타작하고 있었다.

원래 그는 일 초식의 도법만 할 줄 아는데 열 살 때 누나하고 낙양 외곽에서 반년 동안 머물던 시기에 배웠었다.

그때 누나는 한 사내를 집에 데리고 왔으며 그 사내와 반년 동안 함께 살았었다.

그동안 그 사내는 쾌도비에게 틈틈이 일 초식의 도법을 가르쳐 주었다.

그 당시에는 몰랐었으나 나중에 누나가 죽고 나서 깨닫게 된 사실이 있다.

그 사내는 누나하고 함께 지내는 대가도 쾌노비에게 노법을 가르쳐 주었을 것이라고 말이다.

쾌도비는 사내가 누군지 정확하게 모른다. 단지 그가 자신의 성이 연(淵) 씨이며 형이라 부르라고 해서 연 대형(淵大兄)이라고 불렀었다.

연 대형은 반년 후에 쾌도비가 일 초식 도법의 기초가 완벽하다는 말과 함께 훌쩍 떠났었다. 그리고 이후 그를 다시 만나지 못했다.

연 대형은 도법의 이름도 가르쳐 주지 않았었다. 연 대형이 떠난 이후에 누나는 동생이 도법을 연마하는 것을 지켜보더니 간단히 '쾌도(快刀)'라고 이름을 지어주었다.

그래서 그때부터는 일 초식 도법을 '쾌도식(快刀式)'이라고 부르게 되었다. 그럴 수밖에 없는 것이, 도법이 지독하게 빨랐기 때문이다.

누나는 그참에 동생의 이름까지 아예 쾌도라고 바꿔주었다. 그리고 일 년 후 그가 열한 살 때 누나와 함께 항주에서 반년 동안 머물면서 또 다른 인물에게 경공술을 배웠던 적이 있었다.

그 이후부터 동생 쾌도의 움직임은 마치 새가 나는 것처럼 빠르고 경쾌했었다. 그래서 누나는 '쾌도'라는 이름 뒤에 날 '비(飛)'를 붙여준 것이었다. 그날 이후 쾌도비는 예전의 이름을 버렸다.

쾌도비는 열 살 때 쾌도식을 배운 이후 최소한 하루에 천 번 이상 전개를 하면서 혹독하게 수련한 덕분에 아마도 지금은 쾌도식을 가르쳐 준 연 대형보다 일 초식만큼은 더 능숙해졌을 것이라고 자부했다.

쾌도식의 특징은 이름에서 드러나듯이 쾌, 빠름이다. 얼마나 쾌속한지 그것을 전개하는 쾌도비 자신 이외에는 지금까지 아무도 그의 쾌도식이 전개되는 광경을 본 사람이 없었을 정도다.

일 초식에 십이변(十二變), 즉 열두 개의 변화가 들어 있다. 단 일 초식의 검법이나 도법에 그렇게 많은 변화가 담겨 있는 경우는 극히 드물다.

총명함이 지나칠 정도이며 부지런하고 성실하기로는 타의 추종을 불허하는 쾌도비가 반년 동안 배워서 기초를 간신히 터득했을 정도라면 쾌도식 십이변이 얼마나 어려운지 짐작할 수 있을 터이다.

처음에 그는 한차례 도법을 전개할 때마다 하나의 변화를 가미했었는데, 세월이 흐르고 더욱 혹독한 수련을 거듭한 끝에 지금은 한차례 전개에 열두 개의 변화를 모두 가미시킬 수 있게 되었다.

타다닥… 타탁…….

쾌도비가 창룡도를 떨칠 때마다 도광이 번뜩이면서 여지없이 적 두세 명이 한꺼번에 거꾸러졌다.

적들이 쾌도식이 전개되는 것을 육안으로 본다는 자체가 불가능한 일이다. 그것을 보려면 최소한 일류고수 상급에 속해야만 가능할 것이다.

지금 그는 창룡도를 한 번 휘두를 때마다 일변(一變)만을 가미하고 있다.

두 개 이상의 변화를 가미해야 할 정도로 적들이 고강하지 않기 때문이다.

또한 그는 원래 다른 곳에서의 싸움에서 다수를 상대로 싸울 때면 한 초식에 한 명씩 죽였었는데 지금은 두세 명을 죽이고 있다.

그것은 그의 도법이 갑자기 고강해졌기 때문이 아니라 순전히 창룡도 덕분이다.

적들이 칼을 들어서 막으면 창룡도가 마치 썩은 나무토막처럼 자르면서 그대로 몸을 쪼개기 때문이다.

그는 처음에 창룡도를 자세히 살펴봤을 때 범상치 않은 훌륭한 도라고 직감했었다.

그런 창룡도를 덜컥 받았기 때문에 호위무사가 되어달라는 주소옥의 요구를 차마 거절하지 못했던 것이다.

그런데 설마 이 정도일 줄은 예상하지 못했었다. 지금 이 자리에 칼은 창룡도 하나만 있는 것 같았다.

창룡도 앞에서 적들의 칼은 그저 썩은 나무토막이나 수수깡에 불과했다.

그러므로 쾌도식이 더욱 빛을 발하고 있는 것이다. 육안으

로 보이지도 않을 정도로 쾌속한 도법에다가 맞부딪치기만
하면 칼이 부러져 나가는 판국이라서 적들은 공격해 오는 족
족 추풍낙엽처럼 쓰러졌다.

주소옥은 의자에 꼿꼿하게 앉아서 쾌도비의 솜씨를 말끄
러미 응시하고 있었다.

그녀는 지금 쾌도비가 무술을 전개하는 광경을 처음 보는
것이다.

그럼에도 불구하고 그녀는 그가 다른 호위무사나 왕궁무
사들보다 훨씬 고강할 것이라고 짐작했었다.

단지 느낌일 뿐이었으나 그게 정확했다. 결과적으로 그녀
가 쾌도비를 호위무사로 선택했기 때문에 죽음을 모면하게
된 것이다.

쾌도비가 서너 번 창룡도를 휘두르고 나면 십여 명이 우르
르 쓰러지고, 다음 공격 때까지 잠시 공백이 생긴다. 그 덕분
에 그는 자신이 감당해야 할 반원 말고도 운능위의 좌우까지
도 감당할 수 있는 상황이다.

하지만 그는 운능위의 지금 심리 상태까지는 헤아리지 못
했다. 그랬다면 전음으로 지금 상황을 그에게 알려줘서 안심
시켜 주었을 것이다.

상교가 이끄는 호위대와 왕궁무사들은 아직 도착하지 않
았다. 그럴 수밖에 없는 것이, 싸움이 시작된 지 열 호흡 남짓

밖에 지나지 않았다.

그런데 그때 전혀 예상하지 못했던 뜻밖의 상황이 벌어졌다. 쾌도비와 싸우고 있던 적들이 갑자기 대거 운능위 쪽으로 우르르 몰려갔다.

그쪽이 약하다는 것을 간파했기 때문이다. 그러면서 쾌도비를 묶어두기 위해서 삼십여 명 정도 남겨두었기 때문에 그는 움직이지 못하는 상황이 돼버렸다.

순간 쾌도비는 적의 의중이 무엇인지 즉시 간파했다. 운능위가 뚫리면 주소옥이 위험하다. 그렇지만 쾌도비가 상대해야 할 적이 삼십여 명이나 있으며, 또 지금도 맹렬하게 공격을 해오고 있는 상황이기 때문에 몸을 빼내서 운능위를 돕는 것은 불가능하다.

콰차차차창!

"우우웃!"

갑자기 배 이상 더 많이 몰려드는 적들의 공격으로 인해서 운능위는 쏟아지는 수십 자루 칼을 막느라 정신없이 검을 휘두르다가 힘에 부쳐서 뒤로 주춤주춤 물러났다.

뿐만 아니라 어깨와 옆구리를 제법 깊게 베이기까지 했다. 그 때문에 그는 절망했다. 도저히 지금 상황에서는 어떻게 해볼 재간이 없다.

'방법이 없다.'

창룡도를 휘둘러 더욱 거세게 쾌도식을 전개하는 쾌도비의 얼굴에 초조함이 떠올랐다.

'아니, 있다.'

지금까지 살아오면서 그랬듯이 좌절하려는 순간 숨통을 트여주는 하나의 방법이 떠올랐다.

그는 왼손으로는 창룡도를 맹렬하게 떨치면서 오른손을 뒤로 뻗으며 전음을 보냈다.

[공주님. 제게 업히십시오.]

주소옥은 처음부터 쾌도비와 운능위를 번갈아 쳐다보면서 상황 판단을 정확하게 하고 있었다.

그런데 갑자기 쾌도비 쪽 적들이 운능위 쪽으로 우르르 몰려가는 것을 보고 그들의 의도를 즉시 간파했다.

그 순간 그녀는 한 가지 방법을 생각해 냈으며 그것은 자신이 쾌도비에게 업히는 것이다.

그러면 운능위가 홀가분해질 것이고 쾌도비는 등 뒤를 걱정할 필요가 없다.

그런데 그녀가 행동을 취하려고 몸을 일으키려는데 때마침 그가 자신에게 업히라고 전음을 보내왔다. 우연의 일지도 두 사람의 생각이 통했다.

쾌도비의 전음이 전해지는 것과 동시에 그녀는 자세를 약간 낮춘 그의 등에 업혔고 곧 운능위를 뒤돌아보면서 빠르게

를 바라보고 있었으며, 그녀들 주위에 적들은 보이지 않았다.

그때 주소옥은 다시 고개를 앞으로 하다가 오른쪽에서 뭔가 반짝이는 것을 발견했다.

그것은 마치 밤하늘을 나는 여러 마리의 반딧불이 같았으며 그녀를 향해 날아오고 있었다.

그 순간 그녀는 그것이 자신을 해치려는 암기나 비수 같은 것일 수도 있다는 생각이 들었다. 만약 밤하늘로 떠오르고 있는 수백 개의 신등에서 비추는 불빛이 없었으면 그것들을 발견하지 못했을 것이다.

"오른쪽 하늘에 암기야!"

그녀는 날카롭게 외치면서 급히 쾌도비의 등에 얼굴을 파묻었다.

타타탁!

쾌도비는 상체를 비틀면서 창룡도를 휘둘러 쏘아오는 비수 세 개를 모두 날려 보냈다.

그것이 신호인 듯 갑자기 사방에서 수십 개의 비수와 칼 따위가 소나기처럼 쏟아져 왔다.

쾌도비는 감히 방심하지 못하고 눈을 부릅뜨면서 정신없이 창룡도를 휘둘렀다.

만약 실수하여 한두 개라도 놓친다면 그것이 주소옥의 목숨을 빼앗고 말 것이다.

그러다가 그의 뇌리를 번뜩 스치는 생각이 있다. 즉시 경공술을 전개하여 비수나 암기의 사정권에서 벗어나는 게 좋겠다는 생각이다.

그렇게 하면 적들이 추격할 것이므로 운능위도 안전할 것이고, 지금쯤 거의 도착할 상교와 호위대, 왕궁무사들을 더 빨리 만날 수도 있을 것이다.

그는 경공술에는 자신이 있다. 왜 이런 좋은 생각이 이제야 떠올랐는지 스스로가 한심했다.

타앗—

그는 전방으로 돌진하면서 맹렬히 창룡도를 휘둘러 쾌도식을 전개하여 적 대여섯 명을 한꺼번에 베었다.

그 순간 앞이 뻥 뚫리자 발끝으로 힘껏 땅을 박차면서 허공으로 비스듬히 솟구쳐 올랐다.

이어서 공력을 극한으로 끌어올리는 것과 동시에 강둑을 향해 쏘아갔다.

그러면서 힐끗 뒤돌아보니까 표적을 놓친 적들이 한순간 우왕좌왕하고 있으며, 그 틈을 이용해서 운능위도 신형을 날려 쾌도비를 뒤쫓아 오기 시작했다.

추격하고 있는 적은 육십여 명 정도였다. 그 짧은 시간에 쾌도비에게 사십여 명이나 죽은 것이다.

쾌도비는 싸우던 곳에서 십오륙 장 거리에 있는 강둑 위에 순식간에 이르렀다.

그는 열한 살 때 누나와 함께 항주에서 반년 동안 머물면서 경공술을 배웠었다.

낙양에서 연 대형에게 쾌도식을 배웠을 때와 마찬가지로 누나는 어떤 사람과 동거를 했으며 그 기간 동안 쾌도비는 그 사람에게 경공술을 배웠다.

그러나 그 사람은 쾌도비에게 경공술 외에는 아무것도 알려주지 않았었다.

또한 그는 그 당시에 오십대 중반의 나이였으며 누나는 그의 딸 같았고 쾌도비는 손자 같았었다.

더구나 그는 성격이 매우 괴팍하고 흉폭하며 또 악랄해서 걸핏하면 쾌도비를 때렸고 손에 잡히는 대로 아무것이나 집어던졌다.

그의 수법은 지독하게도 빠르고 정확해서 쾌도비는 그의 주먹과 발길질에 무차별적으로 얻어터졌으며, 그가 던지는 물건에 무방비 상태로 적중됐었다.

쾌도비는 처음 한동안 그가 때리고 던지는 대로 고스란히 얻어터졌으나 점차 경공술이 익숙해지면서 전력을 다해 도망쳐서 사정권 밖으로 피하곤 했었다.

그의 이름조차도 모르기 때문에 그에게 배운 경공술 이름이 무엇인지는 당연히 모른다.

그때까지 쾌도비의 이름은 쾌도였었는데 경공술을 배운 이후 몸놀림이 날아다니는 것처럼 빠르다고 해서 누나가 쾌도라는 이름 뒤에 '비'를 붙여 쾌도비가 되었다.

그리고 누나는 동생이 배운 경공술에 비조행(飛鳥行)이라는 이름을 지어주었다.

쾌도비와 마찬가지로 누나도 학문이 짧았다. 그런 누나는 나는 새, 즉 비조가 세상에서 제일 빠르다고 알고 있었으며 그래서 그런 이름을 지어준 것이다.

쾌도비가 경공술 비조행을 가르쳐 준 초로인에 대해서 지금까지도 강하게 남는 기억은, 그가 쾌도비뿐만 아니라 누나마저도 몹시 학대했다는 사실이다.

어쨌든 비조행은 실로 일절(一絶)이라고 할 수 있다. 비조행을 익히고 나서 쾌도비는 누군가를 추격해서 놓쳐본 적이 없었으며, 위험으로부터 도주하려고 해서 실패했던 적이 한 번도 없었다.

쾌도비는 강둑에 내려서면서 상교와 호위대, 그리고 왕궁 무사들이 오 장 전면에서 전력으로 달려오고 있는 광경을 발견했나.

상교의 뒤쪽에 이조장 당석호와 오조장 관백, 그리고 또 한 명의 조장이 바짝 따라오고 있는 것이 보였다.

세 명의 조장과 호위무사들은 쾌도비가 주소옥을 업고 있는 모습을 보고 크게 놀라는 듯하다가 곧 그러면 그렇지 감탄하는 표정을 지었다.

그들의 표정은 과연 탈명도다, 그가 공주를 구했다, 라고 말하고 있었다.

쾌도비는 주소옥을 안전하게 보호하는 것이 급선무이므로 강둑에 발을 딛자마자 발끝으로 살짝 땅을 박차 다시 도약하여 달려오고 있는 호위대와 왕궁무사들 위를 날아 넘어서 그 뒤쪽에 사뿐히 내려섰다.

상교와 호위대, 왕궁무사들이 강둑에 이르렀을 때 운능위가 강둑 위로 달려 오르다가 하마터면 부딪칠 뻔했다.

상교와 무리를 발견한 운능위는 표정이 밝아졌다.

"왔구나!"

"총교! 다치셨군요!"

상교가 운능위의 베어진 어깨와 옆구리에서 피가 흐르는 것을 보고 깜짝 놀라 외쳤다.

그러나 운능위는 끄덕없다는 듯한 표정으로 적들을 향해 돌아섰다. 이제부터는 그가 놈들을 짓밟을 차례다.

쾌도비를 쫓아서 강둑 위로 달려 오르던 괴한들은 갑자기 불쑥 나타난 상교와 무리를 발견하고 그 자리에 멈추면서 크게 놀랐다.

운능위는 눈에서 줄기줄기 살기를 뿜으면서 괴한들을 향

해 저돌적으로 내려꽂히며 쩌렁하게 외쳤다.

"죽여라—!"

강둑에서 십여 장 이상 떨어진 곳에 우뚝 서 있는 쾌도비는 운능위와 상교 등이 강둑 아래로 돌진하는 것을 보고 나서 고개를 돌려 주소옥에게 물었다.

"괜찮습니까?"

"네가 또다시 나를 구했구나."

주소옥은 위험에서 벗어났는데도 여전히 쾌도비의 겨드랑이 아래로 두 팔을 넣어 그의 가슴을 꼭 끌어안고 넓은 등에 뺨을 묻은 상태로 말했다.

방금 전까지만 해도 생사를 넘나드는 치열한 격전을 벌이고 있었기 때문에 지금은 안전해졌다는 사실이 실감나지 않는 것 같았다.

문득 그녀는 쾌도비에게 처음 업혔던 일이 생각났다. 그의 집에서 나와 그에게 업힌 채 남령부로 돌아갈 때도 지금처럼 편안함을 느꼈었다.

누군가에게 업혀본 기억이 없는 그녀가 어째서 쾌노비의 등에 업히면 이런 기분을 느끼는 것인지 알 수가 없다.

어쩌면 쾌도비라서가 아니라 어느 누구에게 업혀도 이런 기분일 것이다.

"이젠 안심해도 됩니다. 내리시겠습니까?"

쾌도비의 그 말을 듣고서야 주소옥은 그의 가슴에서 두 팔을 풀고 상체를 세웠다.

"내려다오."

쾌도비는 그녀의 둔부를 받치고 있는 오른손을 치우고 허리를 굽히며 그녀가 내릴 수 있도록 해주었다.

싸움은 오래지 않아서 끝났다. 주소옥을 죽이려고 습격했던 괴한은 한 놈도 남김없이 모두 죽었다.

싸움이 끝난 후에 시체를 확인해 본 결과 괴한의 수는 정확하게 백십 명이었다.

자봉공주를 죽이기 위해서 이렇게 많은 인원이 동원됐다는 사실이 놀라웠다.

싸우는 과정에서 운능위와 상교는 배후가 누구인지 알아내기 위하여 몇 명을 제압했었는데, 그들은 붙잡히자마자 입안 깊숙이 어금니에 물고 있던 독낭(毒囊)을 깨물어 터뜨려서 자결해 버렸다. 그것은 전혀 예상하지 못했던 일이었다.

강호에서는 이런 경우가 매우 드문데 붙잡혔을 경우에 정체가 드러나거나 고문을 이기지 못하고 실토하게 될 것을 염려하여 스스로 독낭을 깨물어서 자결하는 것이다. 그리고 거기에 사용되는 것은 극독이라서 터지는 순간 중독되어 목숨을 잃는다.

또한 그런 악랄한 자결수법을 사용하는 집단은 거의 사파(邪派)거나 마도(魔道)에 속해 있다.

그들뿐만 아니라 최초에 쾌도비가 오른팔 팔꿈치를 잘라서 제압했던 방 중교도 죽어 있었다.

그는 중독되지 않고 목이 잘린 모습이었다. 제 스스로 목을 잘랐을 리는 없고, 아마도 괴한들에게 발견되어 죽음을 당한 것 같았다.

아군의 피해도 적지 않았다. 신등축제 당시에 주소옥을 호위하고 있었던 왕궁무사 이십 명이 전멸했으며, 나중에 벌어진 싸움에서 호위무사 열두 명과 왕궁무사 일곱 명이 더 죽었으며 부상자는 그보다 더 많았다. 괴한들이 최후까지 처절하게 발악을 했기 때문이다.

쾌도비와 주소옥을 비롯한 일행이 보안현 외곽의 진영으로 돌아온 시각은 자정 즈음이었다.

예기지 못한 석의 습석이 또 있을까 봐 운능위는 부상자를 제외한 호위대와 왕궁무사, 남령군 전원을 반씩 나눠서 교대로 진영 안팎을 철통같이 경계하도록 지시했다.

한차례 태풍 같은 싸움을 벌였던 호위대와 왕궁무사들은

몹시 지쳤음에도 눈에서 살기가 번뜩였으며 동작이 빠릿빠릿
해졌다.

쾌도비는 보안현 거리를 젖 먹던 힘을 다해서 경공을 전개
하여 달리고 있다.

그는 주소옥 등과 함께 진영에 갔다가 오조의 동료인 여운
부로부터 청향이 아직 돌아오지 않았다는 말을 전해 듣고는
만사 제쳐두고 보안현으로 달려가고 있는 중이다.

그는 늦은 오후에 보안현의 어느 주루에 청향을 기다리게
해놓고서 흑의인을 미행했었다.

그 후 매우 중대한 사실을 알아내게 되어 그 길로 진영으로
향했으며, 그다음에는 상교 등과 마별하로 주소옥을 구하러
달려가서 한바탕 싸움을 벌이고 나서도 청향이 기다리고 있
다는 사실을 까맣게 잊고 있었다.

청향이 아직까지 돌아오지 않았다면 무슨 사고가 난 것이
틀림없다.

그녀는 주루에서 쾌도비를 기다리다 지쳐서 혼자 진영으
로 돌아오려다가 변을 당했을 것이다. 그렇지 않고는 자정이
넘도록 돌아오지 않을 리가 없다.

쾌도비는 캄캄하고 인적이 뚝 끊어진 보안현 대로를 달리
면서 빠르게 주위를 두리번거렸다.

진영에서 이곳까지 오는 길은 하나뿐이다. 그런데 그 길을 거슬러왔는데도 청향을 발견하지 못했다.

그는 사사로운 정이나 이득에 연연하는 성격이 아니다. 하지만 청향은 그와 함께 있다가 순전히 그의 볼일 때문에 주루에서 기다리라고 해놓고는 잊어버렸다. 그러므로 그녀에게 무슨 일이 생겼다면 그의 책임이다.

그녀는 한낱 시녀 따위가 아니다. 사람이란 황제나 일반 백성이나 다 똑같다고 누나에게 배웠던 그다.

저 앞에 청향더러 기다리라고 했던 주루가 보였으며 불이 꺼져서 어두웠다. 주루는 보통 해시(亥時:밤 10시)면 영업을 마치고 문을 닫는다.

그런데 쾌도비의 눈이 커졌다. 주루 입구 옆에 담을 등지고 옹송그리고 있는 자그마한 물체를 발견했다.

그것은 분명히 사람이었다. 그리고 흰색이 섞인 푸른 상의를 입고 있었다.

'청향!'

다시 봐도 틀림없이 청향이다. 그녀가 아직도 이곳에 있었다. 그는 청향을 발견했다는 기쁨과 그녀가 이 시각까지 주루 앞에서 자신을 기다리고 있었다는 사실 때문에 가볍지 않은 충격을 받았다.

그는 청향 앞에 멈추고 그녀를 굽어보았다. 그녀는 잔뜩 옹

크린 채 두 팔로 무릎을 안고 그 무릎 위에 얼굴을 묻은 자세로 꼼짝도 하지 않았다.

"청향 낭자."

그가 불렀는데도 반응이 전혀 없다. 그는 급히 몸을 숙이고 그녀의 양어깨를 잡아 조심스럽게 일으켰다.

스르…….

그런데 그녀는 뼈가 없는 듯 축 늘어졌고 고개가 옆으로 꺾였다. 이미 혼절해 있었던 것이다.

쾌도비는 어떻게 된 것인지 즉시 알아차렸다. 그녀의 양어깨를 잡은 그의 손을 통해서 몸이 얼음장처럼 차디찬 것이 고스란히 전해졌다.

두툼한 옷을 입고 있는데도 이 정도 한기가 손에 느껴질 정도라면 얼마나 추웠을지 짐작이 갔다.

운남이나 귀주는 높은 산악지대이기 때문에 한겨울, 특히 밤에는 뼈를 쪼갤 듯이 추위가 매섭다.

그런데 청향은 한밤중에 거리에서 한 시진 넘게, 아니, 그 이상일지도 모르는 긴 시간을 웅크리고 있었으니 온몸이 얼어버린 것이다.

쾌도비는 의술에 대해서는 문외한이다. 하지만 지금 청향이 이미 얼어서 죽었거나 매우 위험한 상태일 것이라는 것은 짐작할 수 있다.

그는 즉시 바닥에 책상다리를 하고 앉아서 그 위에 청향을 앉혀 품에 꼭 안고는 그녀의 손목을 잡아보았다.

그녀의 손은 얼음장처럼 찼으며 다행히 맥이 흐릿하고도 불규칙하게 뛰고 있었다.

그는 지체하지 않고 그녀의 손목을 잡은 상태에서 부드러운 진기를 일으켜 체내로 주입시키기 시작했다.

'죽지 마시오, 청향 낭자.'

그는 누나와 천하를 떠돌아다녔는데 딱 세 곳에서 반년씩 머물렀었다.

열한 살 때 항주에서 경공술 비조행을 배웠으며, 열 살 때 낙양에서 쾌도식을 배웠다.

그리고 그보다 훨씬 앞선 여섯 살 때 북경에서 반년을 머물며 심법(心法)을 익혔었다.

여섯 살이라는 어린 나이에 심법을 익히도록 한 것은 누나의 철저한 배려였다.

심법을 배워야지만 운공조식을 할 수가 있고, 그래서 단전에 공력을 축적하게 된다.

운공조식을 한 세월이 오래면 오랠수록 공력이 높아지고 정심해지는 것은 당연한 일이다.

누나와 처음으로 동거를 하면서 쾌도비에게 심법을 가르쳐 준 사람은 뜻밖에도 젊은 서생이었다.

그 당시 누나의 나이가 이십삼 세였으며 서생은 이십칠 세였으니까 잘 어울리는 한 쌍이었다.

또한 그 서생은 유일하게 자신의 이름을 가르쳐 준 사람이며, 그의 이름은 영호승(英豪昇)이었다.

더구나 그는 매우 자상하고 온화한 성품이었으며 누나를 진심으로 사랑해 주었다.

뿐만 아니라 영호승은 쾌도비에게 가르쳐 준 심법의 이름이 삼절심법(三絶心法)이라고 말해주었다. 무절(武絶), 기절(氣絶), 영절(靈絶)의 삼절이라고 했었다.

그러나 반년 후에 쾌도비가 난해하기 짝이 없는 삼절심법을 터득하여 제대로 운공조식을 할 수 있게 되자 누나는 일말의 미련도 없이 영호승의 등을 떠밀어 자신들의 곁을 떠나게 했었다.

그는 몹시 서운해하면서 떠나지 않으려고 했으나 누나의 고집을 꺾지 못하고 무거운 발걸음을 돌렸었다.

그로부터 지금까지 십이 년 동안 무슨 일이 있어도 하루에 열 차례 이상 운공조식을 해오고 있으므로 현재 쾌도비의 공력은 매우 높은 수준에 도달해 있는 상태다.

청향은 다행히 별 탈 없이 깨어났다. 쾌도비의 공력이 심후하고 정심하기 때문에 가능한 일이었다.

그는 보안현에서 진영까지 청향을 업고 와서 그녀를 동료
시녀들에게 무사히 넘겨주고 나서야 자신을 기다리고 있는
주소옥에게 달려갔다.

第八章

창공임조비 (蒼空任鳥飛)

—푸른 창공을 나는 것은 새에게 맡긴다

자봉공주 주소옥의 천막에 중요한 몇 사람이 모였다.

쾌도비와 주소옥, 운능위와 상교, 그리고 두 명의 중교다.

주소옥의 측근 시녀 두 명도 무사했다. 생사고비를 넘긴 그녀들은 주소옥이 앉아 있는 커다란 태사의 양쪽에 다소곳이 서 있었다.

주소옥 앞에는 쾌도비와 운능위, 그리고 상교인 전효대(全效待)가 주소옥을 향해 부챗살처럼 늘어서 있다.

오늘 가장 큰 공을 세운 사람이 쾌도비라는 사실에 이견이 있는 사람은 아무도 없다.

그가 아니었으면 그 결과에 대해서는 상상하는 것조차도
끔찍할 터이다.

그는 이 암살 계획의 처음부터 끝까지 깊이 관여하여 주소
옥을 무사히 지켜낸 일등공신이었다.

그가 아니었으면 주소옥의 죽음으로 끝났을 것이고, 그녀
를 보호하지 못한 운능위와 전효대를 비롯한 모두에게 엄중
한 징벌이 내려졌을 것이다. 그것을 쾌도비가 구한 것이다.

주소옥은 언제 난리를 겪었느냐는 듯 평소의 차분하고 오
만한 모습으로 돌아와 있었다.

일부러 그러는 것이 아니라 천성적으로 침착하고 도도한
성격이다.

그녀는 세 사람의 가운데 서 있는 쾌도비를 보며 고즈넉한
목소리로 말했다.

"너에게 상을 내리겠다."

구구절절한 칭찬도 없이 단도직입적인 포상이다. 즉 잘했
으니 상을 주고 못했으면 벌을 내린다는 형식적인 절차다.

쾌도비는 허리를 굽혔다.

"상은 필요 없습니다."

주소옥의 고운 아미가 상큼 찌푸려졌다.

"너는 선택권이 없다. 이것은 명령이다."

쾌도비는 씁쓸했다. 창룡도를 받은 대가로 그녀를 호위하

고 있는데 또 상을 주겠다면 계산이 복잡해진다.

"무엇을 원하느냐?"

주소옥은 그렇게 물었다가 곧 손을 저었다.

"아니다. 내가 알아서 주겠다."

지난번에 그녀는 무엇을 원하느냐고 물었다가 쾌도비에게 자길 그냥 내버려 두라는 말을 들었기 때문이다.

딸깍…….

그녀는 옆에 있는 작은 흑단목 탁자 위에 놓인 붉은 옥함(玉函)을 열고 그 안에서 누런 종이 한 장을 꺼냈다.

"매(梅)야."

그녀가 부르자 입술 위에 까만 점이 있는 동그란 얼굴의 시녀가 공손히 종이를 받아서 다가오더니 쾌도비에게 두 손으로 바쳤다.

쾌도비는 무거운 마음으로 종이를 들고 들여다보다가 움찔하며 표정이 변했다.

종이는 금박(金箔)을 입힌 화려한 문양에 '대운전장(大運錢場)'이라는 글과 그 옆에 '금일만냥(金一萬兩)'이라는 붉은 글씨가 세로로 나란히 새겨져 있었다. 글씨를 쓴 것이 아니라 수를 놓은 것 같았다.

그의 경험으로 미루어봤을 때 이것은 신용 있는 전장에서 발행한 전표(錢票)가 분명했다.

즉, 전표를 갖고 해당 전장에 찾아가면 전표에 적힌 액수만큼의 돈을 내주는 것이다.

그는 수중에 은자 오백 냥 이상의 거금을 지녀본 적이 한 번도 없었으므로 당연히 전표를 가져본 적도 없었다. 그럴 필요가 없었다. 그러나 전표가 무엇인지는 안다.

그런데 그의 눈이 잘못되지 않았다면 이 전표에 적힌 액수는 금 일만 냥이다.

말 그대로 금화 만 냥이라는 것이다. 그는 이날까지 금화 일만 냥을 구경조차 해본 적이 없었다. 금화 한 냥에 은자 오십 냥이니까 금화 만 냥이면 은자로 오십만 냥이라는 어마어마한 거금이다.

"이것은……."

"적다면 더 주겠다."

쾌도비가 너무 많다는 말을 하려는데 주소옥이 그의 말을 잘랐다.

"내 목숨 가치로 금 일만 냥이면 너무 싸다."

쾌도비는 그만 입을 다물었다. 상금으로 금화 일만 냥이 너무 많나고 말하는 것은 주소옥의 목숨 가치가 너무 싸다고 말하는 것이나 마찬가지이기 때문이다.

그는 잠시 생각에 잠겼다. 이 전표를 받을 수 없다며 다시 주소옥에게 주고 그냥 나갈까, 아니면 전표를 품속에 넣고 물러날까 하는 것이다.

쾌도비는 그녀 모르게 비도쾌를 얻은 것과 그녀에게서 창룡도를 받았으므로 더 이상의 돈이나 물건을 받는 것은 께름칙했다.

그렇다고 해서 전표를 돌려주면 주소옥은 필경 모욕을 당했다면서 크게 화를 낼 것이다.

그는 어쩔 수 없이 전표를 품속에 넣고 나서 주소옥에게 포권을 해보였다.

"그럼 물러가겠습니다."

"수고했다."

주소옥은 고개를 까딱거렸다. 이로써 유례없이 간단한 논공행상이 끝났다.

그것은 쾌도비로서도 바라던 바다. 그는 장황하고 어수선한 것을 싫어한다.

쾌도비가 물러간 후에 주소옥은 두 명의 중교도 내보내고 총교 운능위와 상교 전효대만 남으라고 했다.

주소옥은 침통한 표정을 지었다.

"누굴 믿어야 할지 모르겠다."

세 명의 중교 중 한 명인 방 중교가 배신하여 주소옥을 죽이려고 했기에 나온 말이다.

“송구합니다.”

운능위와 전대효는 동시에 깊숙이 허리를 굽혔다.

“너희 둘은 믿을 수 있다. 그리고 쾌도비도.”

많은 사람의 호위를 받고 있으면서도 단 세 사람만 믿을 수 있다는 말을 듣고 운능위와 전대효는 죄스러운 심정에 몸 둘 바를 몰랐다.

주소옥은 태사의에 파묻혀서 아미를 찌푸렸다.

“도대체 누가 무슨 이유로 날 죽이려고 하는 거지?”

자신을 암살하려 한다는 사실을 알게 된 순간부터 그녀는 줄곧 그 생각에 골몰했으나 어떤 실마리조차 잡아낼 수가 없었다.

그녀의 부친이 그렇듯이 그녀 역시 어느 누구하고도 원한을 맺은 적이 없었다.

그러므로 누가 자신을 죽이려는 것인지 희미하게나마 떠오르는 것이 전혀 없다.

주소옥이 깊은 생각에 잠겨 있는 동안 천막 안에는 고요한 적막이 흘렀다.

그녀는 꼬개를 들어 운능위와 진효대를 쳐다보았다. 그들에게 물어본들 아무것도 모를 것이다. 그들은 그녀보다 알고 있는 것이 적기 때문이다.

‘내가 낙양에 가는 것을 원하지 않는 자가 있다.’

그녀가 낙양에 가는 진짜 목적에 대해서 알고 있는 사람은 그녀 자신과 부친 남령왕 둘뿐이다.

그런데 누군가 그 목적을 알고 있는 듯하다. 그래서 그녀를 죽이려고 하는 것일 게다.

"물러가라."

가슴속에 커다란 납덩이가 들어앉은 것처럼 무겁고 답답한 주소옥은 귀찮은 듯 손을 내저었다.

운능위는 공손히 허리를 굽혔다.

"공주님. 우리 쪽 죽은 자들과 부상당한 자들은……."

"네가 알아서 해라."

주소옥은 다시 손을 저었다.

호위대 다섯 명의 조장은 만장일치로 쾌도비를 호위대장으로 추대하기로 결정했다.

이른 아침에 이조장 당석호에게 그 소식을 전해 들은 쾌도비는 일언지하에 거절했다.

호위무사도 번거로운 판국에 호위대장이라니 말도 되지 않는 일이다.

이후 다섯 명의 조장이 한꺼번에 몰려와서 여러 방법으로 쾌도비를 회유하려고 노력해 봤으나, 만우난회(萬牛難回), 만 마리 소가 끌어도 끄떡하지 않을 만큼 쾌도비는 요지부동이었다.

그런데도 쾌도비가 속해 있는 오조의 조장 관백은 아무 말도 하지 않았다. 평소에 쾌도비를 괴롭혀 오다가 된통 치도곤을 당했기 때문에 그만 보면 오줌을 지릴 정도로 몸이 오그라들기 때문이었다.

이동 중에 쾌도비와 여운부 등이 맡고 있는 칠호 마차의 시녀 선분이 오조 천막으로 찾아왔다.

그녀는 쾌도비를 보고는 얼굴을 붉히며 수줍게 고개를 숙여 인사를 하고는 여운부를 밖으로 불러냈다.

잠시 후에 들어온 여운부는 칠호 마차의 시녀들이 쾌도비와 여운부, 동린, 임청유 네 사람하고 아침 식사를 함께하고 싶어 한다는 말을 전했다.

한편으로는 청향의 상태가 궁금하기도 했던 쾌도비는 식사초대에 응했다.

칠호 마차 시녀들의 아담한 천막 안에는 근사한 아침 식사가 차려져 있었다.

비록 탁사가 없어서 바닥에 판사를 깔아 만든 임시 식탁이지만, 거기에는 네 시녀가 새벽부터 정성껏 만든 갖가지 요리와 밥이 차려져 있었다.

청향을 비롯한 시녀들이 쾌도비를 바라보는 시선과 표정

은 매우 우호적이고 각별했다.

그녀들은 쾌도비가 보안현 내의 주루에서 청향과 함께 식사를 하다가 어째서 갑자기 그녀더러 기다리라고 하고 사라졌는지 나중에 알게 되었다.

아니, 자세히는 모르지만 그가 자봉공주 주소옥을 위기에서 구했다는 소문을 듣고는 매우 중요한 일 때문에 청향을 기다리게 할 수밖에 없다고 이해했다.

그런데도 그는 자정이 넘은 시각에 보안현까지 달려와 그곳에서 온몸이 얼어 죽어가고 있는 청향을 발견하고 그녀를 살려주었다.

만약 그때 그가 주루에 되돌아오지 않았으면 그녀는 죽을 수밖에 없는 상황이었다.

시녀들은 그 사실을 무척 고마워했다. 특히 수줍음이 많은 청향은 쾌도비하고 눈이 마주치기만 하면 얼굴이 노을처럼 붉어져서 고개를 숙였다.

시녀들은 아침 식사를 하는 자리 배정을 쾌도비와 청향이 나란히 앉도록 해놓았다.

청향은 묵묵히 식사를 하는 쾌도비의 잘생긴 옆얼굴을 이따금 살짝 훔쳐보고는 얼른 고개를 숙이고 얼굴을 붉히기를 반복했다.

식사를 하던 도중에 쾌도비는 자신과 청향을 제외한 여섯 명의 남녀가 하나같이 엷은 미소를 지으면서 자신과 청향을 바라보고 있는 것을 발견했다.

그때부터 그는 그 자리에 앉아 있는 것이 무척 불편하여 몇 번이나 자리를 박차고 일어나 나가고 싶은 것을 꾹 눌러 참았다.

그는 이날까지 한 번도 제대로 된 연애를 해본 적이 없었다. 가는 곳마다 그를 연모하는 여자는 많았으나 그는 추호도 마음이 내키지 않았었다.

견디기 어려울 정도로 욕정이 생길 때면 청루(靑樓)에 가서 돈을 주고 하룻밤 여자를 샀었다. 그러므로 물론 그는 여자를 전혀 모르는 동정은 아니다.

여자가 필요하면 몇 푼의 돈을 주고 사면 되기 때문에 구태여 연애를 할 이유가 없었다.

그럴 시간적 여유도 없고 마음의 여유도 없었다. 여자와 노닥거릴 시간이 있으면 흑청사 문신에 대해서 하나라도 더 알아봐야 한다는 각박한 심정 때문이다.

그런 마음은 지금도 마찬가지다. 청향도 지금까지 그를 연모했던 많은 여자 중 한 명일 뿐이다.

그러나 쾌도비는 식사를 끝내지 못했다. 청향 때문이 아니라 중교 한 명이 불쑥 찾아와서 자봉공주가 그를 부른다는 말을 전했기 때문이다.

"네가 호위대장을 맡아라."

커다란 탁자 앞에 단정하게 앉아서 두 시녀의 시중을 받으며 식사를 하고 있던 주소옥은 천막 안으로 들어선 쾌도비에게 거두절미하고 그렇게 말했다.

아침 식사를 하기 전에 호위대 조장들이 쾌도비에게 했던 말을 주소옥이 똑같이 하고 있다.

조장들이 주소옥에게 찾아와서 그렇게 해달라고 간청하지는 않았을 것이다.

주소옥은 일개 조장들이 쉽게 만나서 부탁을 할 만큼 호락호락한 신분이 아니다.

우연찮게도 주소옥과 조장들의 생각이 일치했다고 보는 편이 옳다.

"싫습니다."

쾌도비는 일언지하에 거절했다.

탁!

주소옥은 옥으로 만든 젓가락을 탁자에 내려놓았다.

"거역하는 것이냐?"

'거역'이라는 말이 쾌도비의 귀에 거슬렸다. 그는 지금까지 어느 누구에게도 복종해 본 적이 없었다. 즉, 누가 그의 위에 군림한 적이 없었다는 것이다. 그러므로 복종하는 법을 배운 적도 없다.

"공주님은 내 상전이 아니기 때문에 내가 공주님의 명령을 들을 이유가 없습니다."

"뭣이라?"

주소옥은 차갑게 쾌도비를 쏘아보았다. 그녀는 보통 사람들처럼 과도한 표정을 짓지 않는다.

그래서 속마음을 알아내기가 어렵다. 지금 그녀는 단지 아미를 살짝 찌푸렸을 뿐이다.

"나는 누구에게도 속해 있지 않습니다."

"건방지구나."

그녀는 천천히 자리에서 일어나 쾌도비를 향해 돌아서 두 손을 가느다란 허리에 얹었다.

"나는 너의 상전이다."

"틀렸습니다."

주소옥은 입술을 잘근 깨물면서 쾌도비를 쏘아보았다. 쾌도비와 함께 천막 안에 들어왔던 운능위와 전효대는 주소옥이 지금처럼 노골적으로 화내는 표정을 짓는 것을 본 적이 없었다.

주소옥은 소맷자락을 휘둘렀다.

"썩 꺼져라. 그리고 다시는 내 눈앞에 나타나지 마라."

쾌도비는 일말의 미련도 없이 그 자리에서 창룡도를 풀고 품속에서 금화 일만 냥짜리 전표를 꺼내 자신의 앞에 내려놓고는 몸을 돌려 입구로 걸어갔다.

그는 나갈 때까지 한 번도 뒤돌아보지 않았고, 주소옥은 눈도 깜빡이지 않고 그의 뒷모습을 쏘아보았다.

밖으로 나온 쾌도비는 진영 밖을 향해 걸어갔다. 이제는 호위대 오조의 천막으로 돌아갈 필요도 없이 이 길로 곧장 여길 떠나면 그만이다.

처음부터 주소옥 같은 오만한 계집의 호위무사를 하는 것이 별로 내키지 않았었다.

더구나 기분이 좋으면 제 무릎에 앉히고 못마땅하면 연못에 빠뜨리는 가슬추연(加膝墜淵)의 제멋대로 성격인 그녀는 쾌도비하고 비슷한 게 하나도 없다.

진영 밖으로 나온 그는 진영을 등지고 걸으면서 두 팔을 넓게 벌리고 가슴을 활짝 폈다.

'진작 이랬어야 했다.'

조금 전까지 느꼈던 속박의 공기와 지금 느끼고 있는 자유의 공기가 전혀 달랐다.

주소옥은 아무 일도 없었다는 듯 다시 느긋하게 아침 식사를 계속했다.

운능위는 주소옥을 향해 무릎을 꿇고 아뢰었다.

"공주님, 쾌도비는 일당백입니다. 공주님께서 낙양행을 강행하시려면 우린 절대적으로 그가 필요합니다."

전효대도 운능위 옆에 나란히 무릎을 꿇고 간언했다.

"이후로도 공주님에 대한 암살 시도가 더 있을지도 모릅니다. 쾌도비 없이는 낙양행이 위험합니다."

주소옥은 두 사람에게 시선도 주지 않은 채 식사를 하며 조용한 어조로 말했다.

"너희는 날 호위할 자신이 없느냐?"

"속하들은……."

"그만 나가라."

주소옥의 머릿속에는 부친이 추진하고 있는 이번 일을 반드시 성사시켜야 한다는 생각이 가득 차 있다. 그러므로 무슨 일이 있어도 낙양에 가야만 한다.

한 차례 습격을 당했다고 해서 발길을 돌려 남령부로 되돌아가는 것은 말도 되지 않는 일이다. 그것은 부친도 원하지 않을 것이다.

운능위와 전효대가 나간 후에도 그녀는 한동안 묵묵히 식사만 했다.

그러다가 힐끗 한쪽을 쳐다보았다. 거기 바닥의 양탄자 위에는 쾌도비가 두고 간 창룡도와 전표가 놓여 있었다.

　　　　　*　　　　*　　　　*

　닷새 후 쾌도비는 안순현(安順縣)에 도착했다.

　보안현 자봉공주의 진영에서 이곳까지 이백여 리를 오는
데 닷새씩이나 걸린 이유는 그동안 도합 일곱 군데 현과 마을
에 들러서 흑청사 문신에 대해서 차근차근 조사를 했기 때문
이다.

　별 소득이 없었으나 급할 게 없다. 게다가 마음은 어느 때
보다도 그지없이 편안했다.

　난데없이 호위무사라는 것에 얽매여 있다가 자유의 몸이
되었더니 날아갈 것 같았다.

　뇌도방에서 받은 녹봉과 호위무사로 있으면서 한 달 녹봉
받은 것을 합치면 은자 백오십 냥 이상이 고스란히 남아 있기
때문에 돈도 궁하지 않다.

　이제부터는 동북쪽으로 가면서 귀주성을 찬찬히 훑은 다
음에는 호남성으로 넘어갈 계획이다.

　점심 식사를 하려고 들른 주루 안은 마치 저잣거리처럼 시
끌벅적 소란스러웠다.

　그런 소란에는 익숙해져 있으므로 쾌도비는 자리를 잡고
앉아서 간단한 식사를 주문했다.

주문한 식사가 나오기도 전에 그는 주루 내의 모든 사람이 하나의 주제를 놓고 시끄럽게 대화, 아니, 악을 쓰고 있다는 사실을 알게 되었다.

쾌도비는 듣기 싫어도 들을 수밖에 없었다. 그들의 목소리가 워낙 크기 때문이다.

대화 내용은 오늘 새벽 마을 밖 초원에서 진영을 치고 밤을 보내던 자봉공주 일행이 정체 모를 괴한들의 습격을 받았다는 것이다.

운남성 곤명의 남령부에서 자봉공주가 대규모 행렬을 이끌고 출발하여 낙양으로 향하고 있다는 소문은 귀가 있는 사람이라면 다 알고 있는 사실이다.

주루 내의 사람들은 습격의 과정과 결과, 그리고 습격자들의 정체에 대해서 제각기 자기 말이 옳다면서 떠들어대는데 내용은 다 거기서 거기였다.

쾌도비는 서둘 필요도 없이 느긋하게 식사를 하면서 사람들의 대화를 들었다.

다들 중구난방으로 떠들고 있지만 한동안 듣다 보면 대충 정리가 된다.

어젯밤에 자봉공주 일행은 안순현 밖 관도 옆 초지에 진영을 치고 묵었으며, 오늘 새벽 인시(새벽 4시경) 무렵에 정체를 알 수 없는 많은 괴한에게 급습을 당해서 치열한 싸움이 벌어졌다.

그 결과 자봉공주 일행은 간신히 괴한들을 격퇴했으나 자신들도 절반 이상이 죽는 막심한 피해를 입었다.

괴한들이 누구인지는 알 수가 없으며, 자봉공주 일행은 동이 트자마자 서둘러서 다시 길을 떠났다는 것이다.

쾌도비는 천천히 식사를 끝내고 주루에서 나왔다. 그는 자봉공주의 호위무사를 그만두고 떠났으므로 자신하고는 하등의 상관이 없는 일이라고 여겼다.

염려가 되면서도 일부러 무관심하려는 것이 아니라 실제로 그랬다.

바로 그런 것이 그의 장점이며 모진 성격 중에 하나다. 그는 천하의 어느 누구보다도 자기제어에 강한 사람이다.

쾌도비는 다음 행선지를 이곳에서 동북쪽으로 백여 리 거리에 있는 청진현(淸鎭縣)으로 잡고 안순현을 나섰다.

이곳에서 청진현까지는 다른 마을이나 현이 없으며 순전히 험준한 산악지대로만 이어져 있다.

그는 현을 벗어나서 관도를 따라 잠시 걷고 있다가 동풍을 타고 전해지는 역겨운 피비린내를 맡았다.

냄새의 진원지는 관도 바로 옆 널따란 초지였다. 그곳에는 아무것도 남아 있지 않았다. 단지 불에 탄 숯과 재, 그리고 시체만 가득 남아 있을 뿐이다.

쾌도비는 저곳이 오늘 새벽에 자봉공주 일행이 묵다가 습격을 받았다는 진영임을 한눈에 알아보았다.

하늘에는 까마귀들이 새카맣게 떠 있기도 하고, 더러는 아래로 하강하거나 아니면 땅에 즐비하게 깔린 시체들을 쪼아먹고 있었다.

쾌도비는 잠시 걸음을 멈추고 그곳을 물끄러미 응시하다가 다시 걸음을 옮겼다.

이제는 그하고는 하등의 상관이 없는 일이다. 설혹 자봉공주가 죽었다고 해도 관심이 없다.

처음에 그녀를 구해주었고, 그 대가로 비도쾌를 얻었으며, 이후 창룡도를 받고 어쩔 수 없이 호위무사 일을 수락했으나 나중에 다시 창룡도를 돌려주고 떠났으니 다시 원점으로 돌아온 것이다.

그런데 두 차례나 습격을 당해서 풍비박산이 난 상황에서도 어째서 주소옥은 곤명 남령부로 되돌아가지 않고 끝까지 낙양행을 고집하는 것인지 모를 일이다.

이런 생각은 그녀에게 관심이 있어서가 아니라 그저 궁금한 것이다.

아까 주루에서 떠들던 많은 사람처럼 그저 지나가는 객으로서의 궁금증이다.

역한 피비린내와 시체를 쪼아 먹는 까마귀들의 그악스러운 울음소리는 멀리까지 풍기고 또 들렸다.

＊　　　＊　　　＊

깊은 산중에서 밤을 맞게 된 쾌도비는 노숙을 해야겠다고 생각했다.

그는 험준하고도 높은 산중을 구곡양장(九曲羊腸) 구불구불 관통한 관도를 걸으면서 주위를 두리번거리며 노숙할 적당한 장소를 찾아보았다.

그러다가 문득 전방의 멀찍이 관도 바닥에 한 사람이 쓰러져 있는 것을 발견했다.

밤인 데다 거리가 멀었으나 그는 쓰러져 있는 사람의 복장을 보고 그가 남령군 군사라는 것을 한눈에 알아보았다.

그리 서둘 것도 없이 지금까지의 걸음걸이로 다가가던 그는 남령군 군사 너머에도 띄엄띄엄 사람이 쓰러져 있고 한 대의 마차가 멈춰 있는 것을 보았다.

복장으로 봐서 그들은 자봉공주를 호위하던 왕궁무사나 호위무사가 분명했다.

그가 제일 먼저 발견한 남령군은 두 눈을 한껏 부릅뜬 모습으로 하늘을 향해 똑바로 누운 자세이며 두 손으로 목을 움켜잡고 있었다.

손가락 사이로 목이 길게 잘라진 것이 보였으며, 거기에서 흐른 피가 그의 상체와 바닥을 시뻘겋게 물들였다. 물론 그는 이미 죽어 있었다.

쾌도비는 계속 걸어가면서 멈춰 있는 마차와 죽어 있는 왕궁무사와 호위무사들의 시체를 보았다.

마차에 말들은 보이지 않았으며, 바닥의 시체 속에는 마차에 타고 있던 시녀들도 섞여 있었다.

시녀들은 무술도 할 줄 모르고 그저 자봉공주의 시중만 들던 연약한 여자였을 뿐이다.

그녀들은 하나같이 공포에 질린 표정으로 몸 여기저기에 깊은 상처를 입어 피와 눈물을 흘린 채 죽어 있었다.

시체는 모두 목이 잘리거나 심장, 복부가 찔리고 베여서 죽은 처참한 모습들이었다.

그들 사이에 쓰러져 있는 낯선 시체들도 간혹 눈에 띄었다. 복장이 하나로 통일되지 않은 제각각의 옷을 입은 자들이며 자봉공주를 호위하는 무리와 싸우다가 죽었다는 사실을 알 수 있었다.

또한 관도에 시체들이 즐비한 것으로 미루어 자봉공주 일행은 관도를 따라서 도주하고 있었으며 낯선 자들이 추격을 하면서 후미부터 차례로 죽인 것 같았다.

추격자들이 마별하 강변에서 신등축제를 할 때 습격했던 자들과 같은 집단인지는 알 수가 없다.

원래 한 집단에 소속된 자들은 동일한 복장을 하는 법인데 이들이 제각각 다른 옷을 입었다는 것은 자신들의 정체를 노출시키지 않으려는 의도가 분명했다.

시체들의 상태로 봤을 때 죽은 지 최소한 세 시진 이상은 되었을 듯했다.

지금이 해시(밤 10시경) 무렵이니까 이곳에서 치열한 추격전이 벌어진 시각은 신시(오후 4시경) 이전이었을 것이다.

쾌도비가 처음에 남령군 시체를 발견한 곳으로부터 삼백 장이나 왔는데도 시체는 여전히 계속 줄지어 쓰러져 있었고 관도 바닥은 여기저기 핏물이 고여 있었다.

자봉공주 일행의 시체가 팔 할을 차지하고 있다면 괴한들의 시체가 나머지 이 할을 차지했다.

그것은 괴한들이 몇 배나 더 고강하다는 뜻이다. 쾌도비의 생각으로는 마별하 신등축제 때의 괴한들과 이곳의 괴한들이 비슷한 무공 수준인 것 같았다. 그렇다면 그들은 한집단에 속했을 가능성이 크다.

처음에 남령군 시체를 발견했을 때에도 그는 아무런 느낌이 없었다.

이제 자신하고는 전혀 무관한 일이기 때문이다. 그런데 삼

백여 장이나 이어진 시체들의 긴 띠를 보면서 여기까지 오게
되자 이상하게도 기분이 묘해졌다.

그는 열다섯 살에 혼자가 되어 삼 년여 동안 강남 일대를
주유했었으나 이런 경우는 처음이다.

그가 어떤 특정한 집단에 소속되었다가 떠난 이후에 그 집
단의 사람들이 무더기로 죽어 있는 광경을 본 경험이 한 번도
없었다는 얘기다.

그렇다고 이들에게 어떤 각별한 동정심이나 연민 같은 것
을 느끼는 것은 아니다.

어쩌면 여기에 죽어 있는 사람 중에 한 명이 쾌도비 자신이
었을 수도 있다는 허탈감 같은 기분이 조금 들었다.

단지 그것뿐이다. 그러므로 자봉공주 주소옥에 대한 걱정
은 먼지만큼도 들지 않았다. 오히려 오조에서 조금 친했던 여
운부와 동린, 임청유나 시녀 청향 등이 염려가 됐다. 단지 그
렇다는 것이다.

쾌도비는 처음 남령군의 시체를 발견한 곳으로부터 삼 리
정도 온 관도 상에서 걸음을 멈추었다.

이곳에도 시체들이 쓰러져 있지만 아까처럼 많은 수는 아
니고 몇 장 거리에 한 구씩 눈에 띄었다.

지금까지 그가 본 시체들은 절반 이상이 아는 얼굴이었다.

그렇다고 그들과 친했다는 뜻이 아니다.

그는 천부적인 기억력을 지니고 있으므로 한 번 본 얼굴은 절대로 잊어버리지 않는다.

스쳐 지나면서 봤든 한군데 여러 명이 모여 있는 광경을 봤든 어떤 얼굴이라도 잊지 않는다.

약간의 차이가 있다면 또렷하게 기억하느냐 아니면 흐릿하게 기억하느냐다.

그런데 지금 그의 발걸음을 멈추게 한 시체는 또렷하게 기억하고 있는 얼굴이다.

그는 다름 아닌 오조의 동린이다. 엎드린 자세로 차가운 땅바닥에 뺨을 대고 얼굴 반쪽만 보이고 있지만 틀림없는 동린이다.

오조장 관백이 시도 때도 없이 쾌도비에게 시비를 걸었을 때 불같이 화를 내면서 관백을 죽이겠다고 품속에서 비수를 꺼내려고 했던 바로 그 동린인 것이다.

이곳에는 시체가 띄엄띄엄 흩어진 세 구뿐인데 동린과 늘 함께 다니는 여운부나 임청유는 보이지 않았다.

쾌도비는 동린은 물론이고 여운부나 임청유하고도 정이 들 정도로 친하지는 않았었다.

이 넓은 천하에 그 정도로 친한 사람은 다섯 손가락으로 꼽을 정도에 불과하다.

　그렇지만 여운부와 동린, 임청유는 함께했었던 짧은 기간 동안 언제나 쾌도비의 편이 돼주었었다.

　어쩌면 그들하고 더 오래 함께 있었으면 정이 들어서 진짜 친구가 됐을지도 모르는 일이다.

당랑거철(螳螂拒轍)

—사마귀가 수레바퀴를 막는다

　　쾌도비는 동린의 시체를 숲 속 어느 야트막한 언덕 위를 골
라서 묻어주었다. 해가 뜨게 되면 볕이 잘 비칠 양지바른 곳
이다.

　　제대로 관을 사용하지도, 동그랗게 봉분을 만들지도 못했
으나 동린의 시체를 산짐승의 먹이가 되도록 내버려 둘 수는
없었다.

　　쾌도비는 무덤 앞에 우두커니 서 있다가 주위를 둘러보았
다. 멀지 않은 곳에 커다란 바위가 있는 것을 보고 그쪽으로
걸어갔다.

그는 나중에 이곳에 다시 올 일이 없지만, 여운부나 임청유, 혹은 동린의 가족이 찾아올 수도 있는 일이라서 묘비를 만들어주기로 했다.

커다란 바위 앞에 선 그는 지금만큼은 누나의 유언을 조금 어겨야겠다고 마음먹었다.

누나는 죽을 위기에 처한 상황이 아니라면 오른팔을 사용하지 말라고 당부했었다. 그래서 쾌도비는 지금까지 여러 사람이 있는 곳이나 싸움을 할 때 한 번도 오른팔을 사용해 본 적이 없었다.

하지만 지금은 아무도 보는 사람이 없는 데다 그저 바위를 조금 떼어내서 다듬는 정도니까 누나도 용서해 줄 것이라고 생각했다.

그는 바위를 깎다가 옷이 찢어지지 않게 하려고 오른팔 소매를 걷어 올렸다.

바위는 문짝보다 조금 더 컸으며 단단하기 짝이 없는 화강암이었다.

그는 어디를 어떻게 잘라야 할지 잠시 가늠하고는 오른손을 들어 손바닥을 곧게 펴서 손바닥이 위로 가게 하여 수도(手刀)로 바위의 오른쪽 옆면을 수평으로 조금도 힘들이지 않고 가볍게 가격했다.

팍!

그러자 그의 손바닥이 바위 속으로 한 자 정도 깊숙이 쑥 들어갔다.

드극…….

이어서 그의 손바닥은 바위 속에서 방향을 아래로 틀어 어렵지 않게 석 자쯤 죽 그어 내렸다가 다시 오른쪽으로 꺾어 바위 밖으로 손을 빼냈다.

툭…….

간단한 동작만으로 묘비로 쓸 큼직한 사각의 돌이 바위에서 분리되어 바닥에 떨어졌다.

그가 방금 보여준 동작은 마치 수도로 커다란 두부를 떼어내는 것처럼 간단했다.

사실 그의 오른손으로 바위를 잘라내는 것 따위는 그다지 어려운 일이 아니다.

아무도 몰래 오른손의 위력이 어느 정도인지 여러 차례 시험을 해봤었는데, 무쇠도 떡처럼 주무르고 그 어떤 단단한 물체라도 간단하게 자르거나 짓뭉갤 수 있었다.

그 정도는 아무것도 아니다. 그의 오른팔은 어깨 밑으로는 그야말로 천하에 존재하는 어떤 물체보다도 강하다.

불에 타지도 않으며 독에 중독되지도 않을뿐더러 도검으로 내려쳐도 흠집조차 나지 않는다. 말하자면 그의 오른팔은 무적(無敵)인 것이다.

그는 자신의 오른팔이 왜 그렇게 되었는지 잘 알고 있다. 누나가 그렇게 만들어주었다.

그는 아주 어렸을 때부터 오른팔이 무척 강했다. 대여섯 살짜리 어린아이가 아름드리나무도 한주먹에 부러뜨렸으며, 황소도 번쩍 들어서 집어 던졌을 정도였다.

그래서 누나는 집 안에서든 밖에서든 절대로 오른팔을 사용하지 말라고 신신당부했었다.

누나는 죽을 때까지 아무 말도 해주지 않았지만, 쾌도비는 열세 살쯤에 자신의 오른팔에 얽힌 비밀을 스스로 깨우칠 수 있었다.

누나가 집으로 데려온 남자들에겐 공통점이 있다. 한결같이 모두 무인이라는 사실이다.

누나는 그들 모두와 딱 한 차례만 정사를 했다. 그러고 나서 남자가 돌아가면 누나는 쾌도비의 오른손을 잡고 눈물을 흘리면서 한참 동안 있었다.

그럴 때면 누나의 손을 통해서 아주 좋은 느낌의 어떤 기운이 그의 오른팔로 흘러 들어왔다.

그가 열세 살 때 깨달은 사실을 결론석으로 말하자년, 누나는 남자들과의 정사를 통해서 그들의 공력을 조금씩 빼앗은 것이 분명했다.

한 번의 정사로 공력을 많이 뺏으면 탄로 날 테니까 눈치

못 챌 정도로 조금씩만 뺏어서 쾌도비의 오른팔에 주입했던 것이다.

나중에 누나가 죽은 후에 쾌도비는 천하를 주유하는 과정에서 강호에는 채음보양(採陰補陽)이나 채양보음(採陽補陰) 같은 악독한 수법이 있다는 사실을 알게 되었다.

말하자면 채음보양은 남자가 전개하는 것이며, 정사를 통해서 상대 여자의 음기를 흡수하여 그것을 자신의 체내에서 기력으로 환원시켜 축적하는 수법이다.

반대로 채양보음은 여자가 전개하며 채음보양하고는 반대의 결과를 가져온다.

그렇지만 누나는 자신과 정사한 남자에게서 양기를 흡수한 것이 아니다.

그녀는 상대 남자의 공력을 흡수하여 그것을 동생의 오른팔에 주입해서 차곡차곡 축적시켰던 것이다.

그것이 무슨 수법인지 쾌도비는 아직도 모르고 있다. 그렇다고 그게 무엇인지 알아내려고 노력했던 적도 없다.

쾌도비는 세 살 때의 일들을 아련하게 기억하고 있다. 그때도 누나는 남자와 동침을 했으며 그 후에는 동생의 오른손을 잡고 울었었다.

그렇다면 누나는 그전에도 그랬을 것이다. 어쩌면 쾌도비가 젖먹이였을 때부터 그랬을 수도 있다. 그가 젖먹이였다면 누나는 열여덟 살이었다.

　그렇다면 누나는 죽을 때까지 장장 십오 년에 걸쳐서 무인들에게서 공력을 흡수하여 동생의 오른팔에 축적시켜 왔던 것이다.

　쾌도비는 다섯 살 봄 어느 날부터 누나가 집에 데리고 오는 남자의 수를 세어보기 시작했었다.

　그때부터 누나가 죽을 때까지 십 년 동안 집에 데리고 와서 정사를 한 무인은 도합 삼백구십팔 명이었다.

　일 년에 약 사십 명 꼴이었으며, 쾌도비가 무인의 수를 세기 시작한 다섯 살 이전 오 년 동안 누나는 이백여 명의 무인과 정사를 했을 것이라고 추측할 수 있다.

　그렇다면 누나는 십오 년 동안 약 육백여 명과 정사를 했으며, 육백여 명 분의 공력을 쾌도비의 오른팔에 차곡차곡 축적시켜 놓았다는 애기가 된다.

　만약 누나가 죽지 않았으면 그 후로도 그 일을 계속했을 것이다.

　그러나 누나는 결국 정사 때문에 상대 남자에게서 몹쓸 병을 얻어 온몸이 썩어 문드러져서서 비참하게 죽었다.

　쾌도비가 떠난 새로 생긴 무덤 앞에는 깨끗하게 다듬은 묘비가 세워져 있다.

그리고 거기에는 간명하게 '동린지묘(東린之墓)'라고만 새겨져 있었다.

묘비의 글은 쾌도비가 손가락으로 꾹꾹 눌러서 썼는데 그런 수법은 소림사의 금강신지(金剛神指)를 비롯하여 몇 종류밖에 없다.

하지만 그는 그런 고명한 수법 따위는 모른다. 그저 오른팔의 힘만 초인적으로 강할 뿐이다.

쾌도비는 관도에 시체가 즐비한 탓에 노숙하는 것을 포기하고 그냥 밤새 걷기로 했다.

그러나 그는 십여 리쯤 가다가 걸음을 멈추었다. 한 폭의 지옥도라고밖에는 표현할 수 없는 처참한 광경이 그의 전면 관도 상에 펼쳐져 있었기 때문이다.

추격자들은 아마 이곳에서 자봉공주 본대(本隊)를 따라잡아 한바탕 치열한 격전을 벌였던 모양이다.

쾌도비가 여기까지 오면서 목격했던 관도에 나뒹굴어 있는 처참한 시체들은 지금 그가 보고 있는 광경에 비하면 서막에 지나지 않았다.

쾌도비가 서 있는 곳의 앞쪽은 수백 구의 시체가 흩어지고 또 뒤엉켜 있었다.

그리고 그 너머에 자봉공주가 탔던 마차가 뒤집혀 있으며,

상처 입은 말 한 마리가 발버둥 치다가 지친 듯 낮고 구슬픈 울음소리를 내고 있다.

다쳐서 머지않아 죽게 될 말 한 마리를 제외하곤 이곳에 있는 모든 것이 죽었다.

쾌도비는 관도를 걸어갈 수가 없는 상황이다. 폭이 그리 넓지 않은 관도에 시체가 너무 빼곡하게 죽어 있어서 그들을 밟지 않으면 지나가는 것이 수월하지 않았다.

관도 양옆도 마찬가지다. 관도보다는 좀 낮지만 오른쪽의 숲 속과 왼쪽의 가파른 비탈에도 많은 시체가 나뒹굴어 있었다.

언제까지 이곳에 서 있을 수는 없기에 쾌도비는 시체들 틈새에 발 디딜 곳을 찾아 앞으로 나아가기 시작했다.

그러면서 될 수 있는 대로 아래를 보지 않으려고 애썼다. 너무 끔찍한 광경이라서가 아니다. 아까 동린을 발견했던 것처럼 또다시 시체들 속에서 아는 얼굴을 보게 될까 봐 일부러 외면하는 것이다.

그렇지만 시체들을 피해서 좁은 공간에 발을 디디려면 아래를 볼 수밖에 없다.

그러다가 그는 막 발을 디디려는 곳 옆에 하나의 커다란 머리가 떨어져 있는 것을 발견했다.

낯익은 얼굴. 호위대 오조장 관백의 머리였다. 뭐가 그리도 억울한지 일그러진 얼굴로 눈을 부릅뜬 표정이었다. 이렇게 목이 잘려서 죽어버리면 아무것도 아닌데 어째서 그렇게 쾌도비에게 시비를 걸고 발광을 했었는지 모를 일이다. 그도 자신이 이렇게 비명횡사할 줄은 몰랐을 것이다.

지금까지 오는 동안 관도 상에 상대적으로 약한 남령군의 시체가 많았었다면, 이곳에는 왕궁무사와 호위무사의 시체가 대부분이었다.

쾌도비는 경공술을 전개하여 몇 차례의 도약으로 이곳을 벗어날 수 있는데도 미처 그런 생각을 하지 못했다. 어쩌면 생각하고는 달리 그의 마음은 이 시체 더미 속에 아는 얼굴이 있는지 확인해 보려는 것인지도 모른다.

그때 쾌도비의 동작이 뚝 멈췄다. 저만치 앞쪽에 눈에 익은 마차가 한 대 멈춰 있었다.

이동할 때 그와 여운부가 맡았던 칠호 마차가 분명했다. 시녀들이 탄 아홉 대의 마차는 다 비슷하지만 그는 눈썰미가 좋아서 칠호 마차를 한눈에 알아볼 수 있다.

휙!

그는 훌쩍 신형을 날렸다가 마차 위에 올라섰다. 그러면서 시선은 재빨리 마차 주위를 훑었다.

순간 그의 눈살이 가볍게 찌푸려졌다. 마차 뒤쪽에 어지럽게 흩어져 있는 시체들을 발견했다.

칠호 마차의 시녀들인데 숲 쪽으로 도망치려다가 등 뒤에
서 도륙을 당한 것 같았다.

여운부가 좋아했던 얼굴이 동그랗고 귀여운 선분이라는
시녀와 두 명의 시녀는 등이 갈라지고 허리가 잘려서 서로 뒤
엉킨 채 무참하게 죽어 있는 모습이다.

그리고 그녀들보다 몇 걸음 숲 쪽으로 가깝게 낯익은 사람
의 뒷모습이 보였다.

듬직한 뒷모습만 봐도 알 수 있는 그는 여운부다. 쾌도비가
호위무사가 된 후 가장 먼저 그에게 다가와서 친절하게 손을
내밀었던 사람이다.

쾌도비보다 아홉 살이나 많으면서도 스스럼없이 우리는
친구라고 말했던 넉살 좋고 정의로웠던 청년. 죽어 있는 그의
뒷모습을 보면서 쾌도비는 우린 어쩌면 좋은 친구가 될 수도
있었을 것이라는 생각을 해본다.

여운부는 엎드린 자세로 죽었다. 그는 누군가를 보호하려
다가 그 사람을 품에 안은 상태에서 등을 검에 찔리고 목 뒤
쪽이 절반쯤 잘려 나갔다.

쾌도비는 엎드러 있는 여운부 아래쪽에 깔려 있는 사람이
치마를 입고 있는 것을 보았다.

여운부가 몹시 좋아했던 시녀 선분은 다른 시녀들하고 죽
어 있는데 그는 대체 누굴 보호하려다가 함께 죽음을 당했다

는 말인가.

쾌도비는 확인하지 않아도 알 수 있었다. 여운부 아래쪽에 죽어 있는 사람은 시녀 청향일 것이다.

그는 자신이 좋아하는 선분보다 친구라고 생각하는 쾌도비의 여자 청향을 보호하려고 했었다. 쾌도비는 청향에게 전혀 마음이 없지만 여운부는 쾌도비와 청향이 서로 좋아한다고 여겼던 것이다.

여운부의 주검을 보고 있는 쾌도비는 그가 진정한 친구라는 것을 깨달았다.

살아서는 친구가 아니었으나 죽어서 그를 친구라고 인정하는 모순이다.

잠시 여운부를 굽어보던 쾌도비는 이윽고 마차 아래로 가볍게 내려섰다.

이미 죽은 그에게 쾌도비가 해줄 수 있는 것이라고는 무덤이라도 만들어주는 것밖에 없다.

슥…….

조심스럽게 여운부를 들어내자 과연 그의 짐작대로 아래쪽에는 청향이 엎드린 자세로 있는데 등 한복판에 검에 찔린 상처가 있었다.

적은 청향을 앞세웠거나 안고 도주하는 여운부의 뒤에서 등을 찔러 한꺼번에 두 사람을 죽인 것이다.

쾌도비는 일단 둘을 한적한 곳으로 옮기려고 여운부를 어깨에 메고 다른 손으로 청향의 허리를 안아 일으켰다.

"……!"

청향을 들어 올리던 그는 일순 멈칫했다. 그녀의 몸이 아직 따뜻했다.

그리고 손을 통해서 그녀의 심장박동과 맥박이 전해졌다. 희미한 느낌이지만 청향은 아직 살아 있었다.

그녀를 살리려고 목숨까지 바쳤던 여운부의 간절한 희원이 이루어진 것인가.

쾌도비는 여운부를 다시 바닥에 내려놓고 청향을 조심스럽게 똑바로 눕혔다. 그녀는 복부 위쪽과 가슴의 경계 부위를 검에 찔려 관통당했다.

그 부위라면 내장을 다쳤을 테고 어쩌면 간이 손상을 입었을 수도 있다.

쾌도비는 청향의 관통된 등과 가슴 아래쪽에 항상 갖고 다니는 지혈제를 뿌려주고 진기를 주입해 주었다.

의술에는 문외한이기 때문에 그가 해줄 수 있는 것은 그 정도가 전부다.

그녀가 얼마나 심하게 다쳤는지, 살 수 있을지, 아니면 죽을 것인지도 알 수가 없다. 그저 최선을 다할 뿐이다.

그렇게 치료라고 해놓고는 그녀를 높은 나무 위 두 개의 굵은 나뭇가지에 여러 개의 잔 나뭇가지를 얼기설기 걸쳐놓고 그 위에 눕혀놓고는 아래로 내려왔다. 여운부와 시녀들의 무덤을 만드는 동안 청향이 산짐승들의 먹이가 될 수도 있기 때문이다.

무덤을 따로 여러 개 만들 수가 없어서 구덩이를 깊고 크게 하나 파서 여운부와 선분 등 시녀들을 나란히 눕히고는 흙을 수북하게 덮었다.

마땅히 묘비로 사용할 바위가 보이지 않아서 그냥 무덤 앞에 굵은 나무 하나를 꽂고 거기에 '붕우여운부지묘(朋友呂雲夫之墓)'라고 손가락으로 새겼다. 붕우. 쾌도비는 죽어서 여운부를 친구라고 인정했다.

쾌도비는 청향을 안고 다시 관도로 나와서 자봉마차 앞에 이르렀다.

자봉마차 문은 열려 있고 마차 안은 난장판이며 네 필의 말은 모두 난도질을 당해서 죽어 있었다.

열려 있는 마차 문 앞쪽에는 왕궁무사가 다수 죽어 있는데 두 명의 중교도 섞어 있었다.

방 중교에게 배신을 당했던 주소옥은 두 명의 중교도 믿지 못했었지만, 그들은 그녀를 지키다가 죽음으로써 자신들의 결백을 증명한 꼴이 됐다.

자봉마차 주위에는 유난히 왕궁무사의 시체가 많았다. 그것은 막바지에 몰리자 호위무사들은 도망치기에 바빴으며 그래도 왕궁무사들이 끝까지 주소옥을 지키려고 했다는 사실을 단적으로 증명하는 광경이다.

쾌도비가 봤을 때 이 정도 상황이라면 전멸이라고 할 수 있다. 그러므로 현재 주소옥이 살아 있다면 그녀를 호위하는 인원은 많아야 이삼십 명에 불과할 것이다.

호위무사는 한 명도 남아 있지 않을 것이다. 돈을 바라고 모여든 호위무사들은 왕궁무사들처럼 충성심이나 책임감이 강하지 못하다.

이로써 주소옥의 낙양행은 좌절됐을 것이다. 그녀가 죽었으면 죽은 대로, 살았으면 산 대로 지금 상황에서는 절대 낙양으로 가지 못할 터이다.

*   *   *

쾌노비는 청향을 안고 선력으로 날아 나음 날 오전에 정진현에 도착했다.

그가 서두른 이유는 청향을 한시바삐 의원에 보여서 제대로 된 치료를 받게 하기 위해서다.

청진현 내에서 가장 크고 유명하다는 장생의원(長生醫院)이
라는 곳에 찾아가서 청향을 보이니까, 위중한 상태이긴 하지
만 치료를 잘하고 두어 달 정도 정양을 하면 나을 것 같다고
의원이 말했다.

치료비와 두 달 정양시키는 비용까지 은자 삼십 냥이 든다
고 해서 쾌도비는 은자 오십 냥을 주고 청향이 완쾌하면 그녀
에게 이십 냥을 주라고 해두었다. 이십 냥은 그녀가 곤명으로
돌아갈 여비다.

의원을 나선 그는 우선 평범한 객잔으로 들어가서 객방 하
나를 잡아놓았다.

청진현 북쪽으로 세 개의 현이 있으므로 이곳에서 사나흘
묵으면서 흑청사 문신을 알아볼 생각이다.

쾌도비는 주루를 겸하고 있는 객잔 일 층에서 식사를 한 후
에 거리로 나섰다.

그는 평범한 흑의 경장에 왼쪽 어깨에 도 한 자루를 메고
있다. 창룡도를 주소옥에게 주고는 도 없이 다녔었는데 어제
관도 상에 수두룩한 시체들 틈에서 쓸 만한 도 한 자루를 주
워서 자신의 것으로 삼았다.

도파에 큼직하게 반달이 새겨졌고 청, 황, 백 삼색수실이
흩날리는 대감도(大坎刀)이며 그런 대로 괜찮았다.

낯선 지방에 가면 언제나 그랬던 것처럼 그는 일단 청진현

에서 가장 잘나가는 하오문(下午門)을 찾아갔다.

천하 어디에 가도 사람이 모여서 사는 곳이라면 반드시 하오문이 있게 마련이다.

큰 의미에서 강호는 삼교구류(三敎九流)로 이루어졌다. 삼교는 유교(儒敎), 도교(道敎), 불교(佛敎)이고, 구류는 강호를 실질적으로 구성하고 있는 사람들의 지위나 직업, 종류를 일컫는다.

구류는 다시 상중하로 나뉘며, 상구류(上九流)는 귀족으로 재상(宰相), 상서(尙書), 도독(都督), 번얼(藩臬), 제태(提台), 진태(鎭台), 도윤(道允), 지부(知府), 지주(知州)이고, 중구류(中九流)는 중인(中人)으로 의생(醫生), 금―간팔자자(金―看八字者:사주를 보는 사람), 표행―사자자(飄行―寫字者:상급점쟁이), 추―택자자(推―擇字者:중급점쟁이), 금기(琴棋), 서화(書畵), 승려(僧侶), 마의(麻衣:관상가)이다.

그리고 하구류(下九流)는 천민(賤民)이며 왕팔(王八:포주), 구(龜:기둥서방), 희자(戱者:배우), 취(吹:악사), 대재(大財:배우 중견단원), 소재(小財:신입 배우), 생(生:이발사), 도(盜:도둑), 취회(吹灰:아편쟁이)나.

이것을 더 세분화하면 수백 개의 지위와 직업으로 나뉘고 강호를 구성하는 직업이 그렇게 많다는 것이다.

이들 중에서 하구류에 속하는 잡다한 천민들이 모여서 이룬 집단이 하오문이다.

넓은 범위에서 하오문은 사파의 하급 단계에 속하지만 강호에서는 그들을 강호인으로 취급하지 않는다. 온갖 추잡한 일을 다 하는 집단이기 때문이다.

강호에서 제일 정보망이 발달한 곳은 개방(丐幇)이지만 만약 하오문이 없거나 그들이 도와주지 않으면 개방은 빈껍데기에 불과한 존재다.

하오문은 넓고 크게는 모른다. 그러나 자신들이 있는 지역에 대해서라면 모르는 것이 없다.

개방은 천하에 흩어져 있는 수만 개의 하오문을 관리하여 그들에게서 정보를 취합, 정리해서 쓸 만한 것들을 추려내어 상부에 보고하는 방식을 채택하고 있다.

그러므로 쾌도비가 청진현에서 제일 규모와 세력이 큰 하오문을 찾아가서 흑청사 문신에 대해서 물어보면 이곳에서의 볼일은 끝난다.

만약 그들이 흑청사 문신이라는 것을 모르거나 이 지역에 그런 것이 없다고 말한다면 그렇기 때문이다. 이 지역에서의 그들의 정보는 절대적이다.

청진현 제일 하오문이라는 흑응문(黑鷹門)에 도착한 쾌도비는 입구를 지키는 졸개에게 집당호(輯堂豪)를 만나러 왔다고 말했다.

어느 하오문이든 정보를 총괄하는 집당호라는 직책이 있게 마련이다.

그자에게 돈 몇 푼 집어주면 자신이 알고 있는 것은 술술 다 대답해 준다.

쾌도비는 어디서든 하오문에 찾아가면 집당호를 만났었고 한 번도 실패한 적이 없었다.

"어……."

그런데 흑응문의 졸개는 쾌도비를 보더니 느닷없이 귀신을 본 듯한 표정이 되어서는 뒷걸음치다가 안으로 꽁무니 빠지게 달려 들어갔다.

이유를 알 수 없는 쾌도비는 눈살을 찌푸렸다. 시골구석 하오문의 문지기 따위가 그의 얼굴을 보자마자 탈명도라는 것을 알아봤을 리가 없다.

그래서 그는 천천히 안으로 걸어 들어갔다. 하오문에 찾아가면 소란을 피우고 싶지 않아서 집당호에게 은자 몇 냥 주고 정보를 알아냈었던 것이지, 수틀리면 이까짓 하오문은 한 식경이면 전멸시켜 버릴 수 있나.

흑응문이라는 이름만 들으면 번듯한 방파나 문파를 떠올리겠지만 실상 하오문도들이 모여 있는 곳은 작은 장원 정도면 썩 괜찮은 편이고, 대부분 아편굴이나 기루의 한 귀퉁이를 얻어서 사용하는 것이 보통이다.

하오문도 중에는 포주나 기둥서방, 바람잡이 등이 주류를 이루고 있기 때문이다.

흑응문도 그 범주를 벗어나지 못해서 어느 기루의 끄트머리에 붙어 있는 아담한 마당이 딸린 작은 이 층 건물 하나를 사용하고 있었다.

쾌도비가 마당 한가운데 우두커니 서 있는데 이 층 건물 안에서 요란한 발걸음 소리가 나더니 곧이어 한 무리의 사내가 떼거리로 우르르 쏟아져 나왔다.

"어이구… 어인 일로 예까지 왕림하셨습니까?"

흑응문주로 보이는 삼십대 중반의 살쾡이처럼 생긴 사내가 쪼르르 달려와서 연신 굽실거렸다.

쾌도비는 의혹이 있으면 그냥 지나치지 못하는 성격이다.

"나를 누구라고 생각하는 것이냐?"

그는 원래 예의라는 것을 잘 모르는데 특히 하오문도 따위에게는 더욱 예의를 차릴 필요가 없다.

"소인이 장님이 아닌데 어찌 삭월부(削月府)의 나리를 못 알아보겠습니까?"

쾌도비는 사내가 두 손을 비비면서 비굴한 표정을 지으며 자신의 도를 힐끗거리는 것을 발견했다.

'그렇군.'

그래서 그는 어떻게 된 일인지 즉시 알아차렸다. 그가 어제 관도 상의 시체 더미 속에서 쓸 만하다고 여겨서 갖고 다니는 대감도가 문제였다.

그 도의 도파에 새겨진 반월과 삼색수실이 아무래도 삭월부라는 방파의 표식인 것 같았다.

"음."

쾌도비는 긍정도 부정도 하지 않고 그저 가볍게 고개만 끄덕였다.

그의 목적은 흑청사 문신에 대해서 알아보는 것이므로 이들이 자신을 삭월부 사람으로 착각해도 상관이 없다. 목적한 것만 알아내면 그만이다.

흑응문주는 쾌도비를 이 층의 가장 좋은 방으로 안내하여 술과 요리를 대접했으나 쾌도비는 손도 대지 않았다.

쾌도비가 흑청사 문신에 대해서 물어보자 흑응문주는 고개를 갸웃거리더니 정보를 담당하는 집당호를 불러서 물어보았다.

그러나 집당호도 아는 것이 없었다. 그렇다년 얘기는 끝이다. 현 내에서 규모가 가장 큰 하오문이 흑청사 문신을 모른다면 이곳에서는 아무도 모르는 것이다.

쾌도비가 일어나려고 하는데 흑응문주가 그의 표정을 살

피면서 조심스럽게 물었다.

"저… 자봉공주는 죽었습니까?"

자봉공주가 습격을 당한 사건을 하오문이 알고 있다는 사실에 쾌도비의 눈빛이 차가워졌다.

"그건 왜 묻느냐?"

쾌도비의 표정을 본 흑응문주는 더욱 비굴한 웃음을 흘리면서 손을 맞잡았다.

"그냥 궁금해서 물어본 겁니다. 다른 뜻은 없습니다."

자봉공주를 습격한 집단은 삭월부가 틀림없다. 삭월부가 뭐하는 집단인지 모르지만 쾌도비를 삭월부 인물로 오해하고 있는 흑응문주에게 물어볼 수는 없다.

"아직 죽지 않았다."

자봉공주의 일은 굳이 비밀이랄 것도 없기에 쾌도비는 간단하게 대답해 주었다.

그의 대답에 용기를 얻었는지 흑응문주는 한마디 더 했다.

"곤명 남령부에서 손을 쓰고 있는 모양이던데 삭월부에서 일을 빨리 처리해야겠습니다."

"남령부에서?"

"네. 정보에 의하면 남령부에서 왕궁무사들과 군사 수천 명을 보냈다고 합니다. 그리고 그들을 이끄는 인물이 남령부 최고수인 구양웅(歐陽雄)이라더군요."

쾌도비는 구양웅이라는 이름을 들어본 적이 없다.

흑응문주는 한 번 터진 입을 가만 놔두지 못했다.

"그리고 귀양(貴陽)의 제일방파인 통천방(通天幇)을 동원하여 자봉공주를 구하라고 했답니다."

쾌도비도 통천방이라는 이름을 들은 적이 있다. 귀주성 전체를 통틀어서 최대방파이며 세력이 강서성과 운남성까지 뻗어 있다고 한다.

쾌도비는 더 들을 게 없어서 그냥 일어나 흑응문을 나왔다.

흑응문주 등이 문까지 따라와서 예의를 다해 인사를 했으나 쾌도비는 뒤돌아보지도 않았다.

쾌도비는 청진현에는 흑청사 문신하고 관계있는 것이 없다고 판단하여 청진현에서 제일 가깝게 북쪽으로 삼십여 리에 있는 수문현(修文縣)에 가기로 결정했다.

청진현에서 귀주성의 성도인 귀양성까지는 동쪽으로 삼십여 리밖에 떨어져 있지 않다.

그래서 귀양성에 가서 본격적으로 조사를 하기 전에 인근의 현들을 둘아보려는 것이다.

정오가 조금 지난 시각인데 거리에는 사람이 매우 많았으며 그들 대부분은 쾌도비와 같은 방향인 북쪽을 향하고 있었다.

그리고 그들은 일반 평민이 아니라 강호인이었다. 삭월부처럼 제각기 다른 복장을 하고 있었으나 쾌도비의 예리한 안목을 속일 수는 없다.

그들에게는 몇 가지 공통점이 있다. 비슷한 움직임과 판에 박은 듯이 굳고 긴장된 표정, 그리고 산중에서 죽은 시체를 찾는 승냥이의 냄새가 짙게 풍겼다.

삭월부처럼 그들도 어떤 방파에 속한 자들일 것이다. 그리고 자봉공주를 죽이려고 동원된 자들일 게다. 그 일에는 삭월부만 동원된 것이 아니었다.

도대체 얼마나 많은 방파가 자봉공주를 죽이는 일에 가담을 했다는 말인가.

남령부의 세력권은 운남성이지만 귀주성에까지 영향력을 미치고 있다.

그런데도 귀주 땅에서 자봉공주를 암살하려는 일이 공공연하게 자행되고 있는 것이다.

그것은 자봉공주 암살에 동원된 삭월부를 비롯한 방파들이 남령부를 의식하지 않아도 좋을 만한, 그리고 남령부의 보복을 감수하고서라도 얻고 싶은 큰 대가를 약속받았다는 뜻이기도 하다.

삭월부나 여타 방파가 남령부나 자봉공주하고 이해관계가 얽혀 있어서 그녀를 암살하려는 것은 아닐 터이다. 이런 엄청

난 짓을 저지를 만큼 큰 이해관계가 남령부하고 있을 턱이 없
다.

그렇다면 누군가 삭월부와 여타 방파에 자봉공주 암살을
청부했다는 뜻이다. 아니면 명령을 했든가.

쾌도비는 자신이 가고 있는 방향과 이들 정체 모를 강호인
들이 가는 방향이 같다고 해서 계획을 수정할 정도로 나약한
사람이 아니다.

청진현에서 수문현으로 향하는 관도는 귀주성 북부지역을
서쪽에서 동쪽으로 가로지르는 거대한 오강(烏江)의 상류인
포도하(蒲跳河)를 따라서 나란히 뻗어 있다.

이곳은 청진현에서 북부지역으로 가는 유일한 관도이기
때문에 많은 그리고 다양한 사람이 이용하고 있다.

쾌도비는 원래 경공술을 전개해서 수문현에 빨리 다녀올
생각이었으나 관도에 사람이 이렇게 많으면 경공술을 전개하
는 것이 곤란하다.

더구나 이름 모를 방파의 인물이 쾌도비 주위에만 족히 백
여 명 이상 빠른 걸음걸이로 불결처럼 흘러가고 있는 곳에서
는 더욱 그렇다.

그들도 달리고 싶지만 사람이 워낙 많아서 그러지 못하는
것 같았다.

"이봐. 왜 여기서 얼쩡거리고 있는 것이냐?"

그때 쾌도비 뒤쪽에서 걸걸한 목소리가 들렸다. 하지만 그는 자신에게 하는 말이 아니라고 여겨 무시했다.

"이놈아! 감히 내 말을 무시하는 것이냐?"

뒤를 이어 호통성이 바로 뒤에서 들리자 그제야 쾌도비는 걸음을 멈추고 뒤돌아보았다.

열한 명의 사내가 멈춰서 쾌도비를 쳐다보고 있으며, 맨 앞에 짧은 턱수염을 기르고 하관이 빠르게 생긴 사십대 초반의 사내가 언짢은 표정을 짓고 있는 것으로 봐서 방금 그가 호통을 친 것 같았다.

쾌도비는 그들 열한 명의 사내가 어깨에 메고 있는 도검의 손잡이에 한결같이 반월이 새겨져 있으며 수실이 매달려 있는 것을 발견했다.

이들은 삭월부 소속이었다. 쾌도비의 도에 새겨진 표식을 보고 자기들의 동료라고 여긴 것이 분명했다.

그런데 쾌도비는 뭔가 특이한 것을 발견했다. 앞선 사내가 메고 있는 도파에는 네 개의 수실이 묶여 있고, 다른 사내들은 두 개의 수실이며 세 개의 수실이 한 명 있었다.

쾌도비는 뭔가 적절한 대답을 하지 않으면 골치 아픈 일이 생길 것 같아서 얼버무렸다.

"지금 가고 있는 길입니다."

쾌도비의 도파에는 수실이 세 개라서 수실이 네 개인 자에게 공손하려고 애썼다.

"조장이나 되는 놈이 왜 뒤처졌느냐?"

쾌도비는 즉시 대답했다.

"청진현에서 중요한 정보를 입수했기에……."

쾌도비를 삭월부 사람이라고 오해하는 것을 보면 삭월부가 꽤나 큰 방파인 듯했다.

"남령부에서 구양웅과 수천 명의 왕궁무사, 남령군을 보냈다고 합니다."

사내는 미간을 좁혔다.

"그건 알고 있다."

"그리고 통천방을 동원했다고 합니다."

"통천방?"

"네."

삭월부가 얼마나 큰 세력을 보유하고 있는지는 모르지만 귀주제일방파인 통천방하고 비교할 수는 없을 터이다.

그런데 사내는 의미심장한 미소를 지었다.

"통천방은 염려할 것 없다. 따라와라."

사내는 앞장서서 인파를 헤치며 나아갔고, 쾌도비는 뒤따르는 열 명 속에 섞여들었다.

쾌도비는 뒤따르는 동안 일행의 대화에서 앞선 사내가 향주이고 수실이 세 개 있는 자는 조장, 두 개는 조원이라는 사실을 알게 되었다. 그는 아무 말도 하지 않고 주로 조원들의 대화를 듣기만 했다.

관도가 여러 갈래로 갈라지고 인파가 뿔뿔이 흩어져서 수문현으로 가는 관도가 한가해지자 일행은 경공을 전개하여 달리기 시작했다.

쾌도비는 어차피 수문현으로 가는 길이라서 그냥 묵묵히 일행에 섞여서 달렸다.

그런데 수문현을 몇 리쯤 남겨둔 지점에서 예상하지 못했던 일이 생겼다.

"멈춰라!"

뒤에서 누군가 외치는 소리에 모두 멈추고 뒤돌아보니 한 명의 장한이 나는 듯이 달려오고 있었다.

피처럼 붉은 홍의, 아니, 혈의(血衣)를 입었으며 키가 후리후리하게 크고 어깨에 고색창연한 한 자루 장검을 멘 삼십대 후반의 장한은 십오륙 장 거리를 순식간에 좁혀왔다.

쾌도비는 혈의인의 물 흐르듯 경쾌한 경공만 보고서도 그가 일류고수 이상의 수준일 것이라고 간파했다. 이런 변방지역에서는 보기 어려운 고수다.

향주가 가볍게 인상을 쓰면서 뭐라고 말하려고 하자 혈의인은 귀찮다는 듯 품속에서 재빨리 뭔가를 꺼내서 보여주고 다시 품속에 갈무리했다.

그게 무엇인지 향주만 본 듯하지만 눈이 빠른 쾌도비도 얼핏 보았다. 그가 얼핏 봤다고 하면 제대로 정확하게 다 봤다는 얘기다.

그가 본 것은 손바닥 절반 크기의 동그랗고 칙칙한 붉은색의 패(牌)였다.

"아… 무슨 일이십니까?"

패를 본 향주는 갑자기 공손해져서 두 손을 앞으로 모았다.

"삭월부주는 어디에 있느냐?"

"수문현 외곽 동쪽 숲 속에 계신다고 알고 있습니다."

"그렇게 말해서 알겠느냐?"

향주는 굽실거렸다.

"제가 안내하겠습니다."

"앞장서라."

혈의인은 가볍게 고개를 끄덕이면서 조금 전에 붉은 패를 쥐고 품속에 넣었던 손을 그제야 빼냈다.

"……!"

그런데 무심코 그 모습을 보던 쾌도비의 두 눈이 찢어질 듯이 부릅떠졌다.

혈의인의 오른손이 품속에서 나오는 짧은 순간 소매가 약간 걸어졌는데 오른 손목에 검고 푸른색의 문신 같은 것이 휘감겨져 있었다.

　너무도 찰나지간이라서 쾌도비의 빠른 눈으로도 그것이 뱀의 모양을 하고 있는지 제대로 확인하지는 못했으나 검은색과 푸른색이 섞인 띠 같은 무늬가 손목을 감고 있는 것만은 분명했다.

　그리고 쾌도비가 그것을 발견한 순간 받은 제일감은 흑청사일 것이라는 확신이다.

　삼 년여 동안 그토록 찾아 헤맸던 흑청사 문신인지라 그는 너무 흥분해서 한동안 숨조차 쉬지 못했다.

第十章

일엽폐목불견태산(一葉蔽目不見泰山)
―나뭇잎 한 장으로 눈을 가리니 태산도 보이지 않는다

누나는 오른 손목에 흑청사 문신이 있는 자를 찾아내서 반
드시 죽이라는 유언을 남겼었다.

쾌도비는 우선 혈의인의 오른 손목에 새겨져 있는 것이 흑
청사 문신인지 정확하게 확인할 필요가 있다. 그전까지 그를
죽이는 것은 보류다.

앞장선 향주가 경공술을 전개하여 전력으로 달리고 바로
뒤에서 혈의인이 여유 있는 동작으로 따랐다.

다른 조장과 조원들은 그 뒤쪽에서 따라오는데 쾌도비만
혈의인 오른쪽에서 나란히 달리고 있다. 다시 한 번 혈의인의

소매가 걷어져서 문신이 드러나 확인할 수 있기를 기다리고
있는 것이다.

향주는 죽어라고 달리는데 혈의인은 오히려 느려서 답답
하다는 듯한 표정이다.

쾌도비는 혈의인에게 자신이 쳐다보고 있는 것을 들키지
않으려고 노력하면서 가끔 그의 오른손을 힐끗거렸으나 좀처
럼 소매가 걷어지지 않았다.

그때 혈의인이 쾌도비를 쳐다보았다. 마침 혈의인의 오른
손을 쳐다보려고 하던 쾌도비는 얼른 시선을 올려 그의 얼굴
을 쳐다보았다. 오른 손목을 쳐다보려는 것이 아니라는 무언
의 동작이다.

혈의인은 제법 준수한 용모에 구레나룻을 길렀고 무심한
듯 깊은 눈빛을 지녔다.

그는 문득 흥미롭다는 표정을 지으며 쾌도비를 쳐다보다
가 고개를 돌려 뒤돌아보았다.

쾌도비도 뒤를 돌아보다가 얼굴에 얼핏 아차하는 표정이
떠올랐다.

한 명의 조장과 아홉 명의 조원이 배써 장 뒤쪽에 처져서
안간힘을 쓰며 따라오고 있었기 때문이다.

즉, 쾌도비의 경공술이 향주와 비슷하기 때문에 혈의인이
흥미롭다는 표정으로 쳐다본 것이다.

그러나 혈의인이 어떻게 생각하든 변명을 할 필요는 없다.
어설픈 변명은 일을 악화시키는 법이다.

쾌도비는 본의 아니게 삭월부의 조장이 되었다가 흑청사
문신일 것이라고 확신하는 혈의인을 발견하는 행운을 얻게
되었다.

향주가 혈의인을 안내한 곳은 수문헌에서 동쪽으로 십여
리 정도 떨어진 험준한 산악지대였다.

그곳 어느 가파른 언덕의 중턱 크고 작은 바위들이 어지럽
게 널려 있는 곳에 삭월부주가 측근들과 함께 긴밀한 대화를
나누고 있다가 혈의인의 방문을 받았다.

혈의인을 안내한 향주가 삭월부주에게 공손히 포권을 하
면서 말했다.

"부주. 그곳에서 오신 분입니다."

"오……."

고슴도치처럼 수염을 기른 단단한 체구에 사십대 중반인
삭월부주는 다분히 과장이 섞인 반가운 표정을 지으며 혈의
인을 쳐다보았다.

"그녀를 발견했느냐?"

그러나 혈의인은 거두절미하고 곧장 본론으로 들어갔다.
게다가 삭월부주에게도 거침없이 하대를 했다.

삭월부주는 득의한 미소를 지었다.

"발견해서 궁지로 몰고 있는 중이오."

"그녀 곁에는 누가 있느냐?"

"원래는 이십오 명이었는데 오늘 추격하는 과정에 다 죽이고 다섯 명만 남았소."

"어디냐?"

"직접 가겠소?"

"내 손으로 직접 그녀를 죽일 것이다."

혈의인 뒤쪽에 향주 등과 함께 서 있는 쾌도비는 삭월부와 여타 방파에게 자봉공주를 죽이라고 청부한 것이 혈의인이라는 사실을 알게 되었다.

쾌도비로서는 혈의인이 무엇 때문에 자봉공주를 죽이려고 하는 것인지는 궁금하지도 않고 알고 싶지도 않았다.

어떻게든 기회를 잡아서 혈의인 오른 손목에 흑청사 문신이 있는 것을 확인하고 틀림없다면 그를 죽이는 것만이 쾌도비의 사명이다.

그러자면 혈의인이 혼자 있을 때를 노려야 한다. 기회가 없다면 만들어야 한다.

쾌도비는 누나가 무엇 때문에 흑청사 문신이 있는 자를 죽이라는 유언을 남겼는지 이유를 모른다.

누나는 죽기 직전에서야 처음이자 마지막으로 흑청사 문

신에 대해서 단 한 번만 말해주었기 때문이다.

그렇지만 한 가지만은 분명하다. 누나가 수많은 사내에게 몸을 맡겨가면서 쾌도비에게 무술을 배우게 하고 또 오른팔에 공력을 축적시켰던 이유는 흑청사 문신을 한 자를 죽이려는 목적이었다는 사실이다.

삭월부주는 측근 두 명과 함께 혈의인을 안내하여 자봉공주가 있는 곳으로 향했다.

그리고 그들의 삼십여 장 뒤에서 쾌도비가 유령처럼 뒤따르고 있다.

"우리 손으로 그녀를 죽여도 되는데 왜 구태여 귀하의 손에 피를 묻히려고 하시오?"

경공술을 전개하여 울창한 숲을 요리조리 피해 달리면서 삭월부주가 옆에서 나란히 달리고 있는 혈의인을 쳐다보며 물었다.

혈의인이 아무 말도 하지 않는데도 삭월부주는 포기하지 않았다.

"어쩌면 수하들이 이미 그녀를 죽였을 수도 있소. 그럴 경우에는 어쩌겠소?"

"내가 그녀의 목을 잘라야지만 피가 흐르지 않는 깨끗한 수급을 얻을 수 있다."

“깨끗한 수급이오?”

“너는 말이 많구나.”

혈의인의 꾸중에도 삭월부주는 아랑곳하지 않았다.

“귀하의 문파에 청부한 인물이 그녀의 깨끗한 수급을 원하는 것이오?”

혈의인은 미간을 좁히더니 냉엄하게 중얼거렸다.

“한마디만 더 하면 죽여 버리겠다.”

그 말에는 삭월부주도 찔끔하여 입을 다물었다.

뒤따르는 쾌도비는 혈의인이 청부자가 아니라 어떤 문파에 속해 있으며, 자봉공주를 죽이라고 그 문파에 요구한 최종 청부자는 따로 있다는 사실을 알게 되었다.

그런 것은 알 바 아니다. 그런데 혈의인의 말 중에 쾌도비의 마음을 어지럽히는 것이 있었다.

혈의인이 직접 자봉공주의 목을 자르면 피가 흐르지 않는다고 한 말이다.

아무리 예리하다고 해도 도나 검으로 사람의 몸을 베거나 자르면 피가 나오게 마련이다. 그런데 피를 한 방울도 흘리지 않게 자를 수 있다니 얼마나 무공이 높으면 그럴 수 있다는 말인가.

그래서 그것 때문에 쾌도비의 마음이 무거워졌다. 혈의인의 오른 손목에 흑청사 문신이 있다면 과연 자신이 그를 죽일 수 있을 것인가 의문이 들었다.

차차차창!

멀리서 봐도 자봉공주 주소옥의 모습이 몹시 초췌하다는 것을 한눈에 알 수 있었다.

그녀가 있는 곳은 숲 속의 어느 공지였다. 폭 십여 장쯤의 공지 한복판에 주소옥과 그녀를 보호한 상태에서 맹렬히 싸우고 있는 운능위과 전효대, 그리고 뜻밖에도 호위대 이조장 당석호가 있었다.

그들을 포위한 상태에서 맹공을 퍼붓고 있는 자는 이십여 명 정도인데 삭월부의 수하가 분명했다. 그리고 사방 숲에서 삭월부의 수하들이 속속 튀어나오고 있어서 점점 수가 많아지고 있었다.

혈의인은 삭월부주와 함께 나란히 숲에서 공지로 나오면서 명령했다.

"공격을 끝내고 모두 물러가라."

휘이익—

삭월부주가 길고 날카롭게 휘파람을 불자 맹공을 퍼붓던 삭월부의 수하들이 미리 약속이나 한 것처럼 일제히 뒤로 물러났다.

삭월부의 수하들이 멀찍이에서 겹겹이 포위망을 형성한

상태로 멈추자 혈의인이 다시 명령했다.

"이곳에서 철수하라는 말이다."

삭월부주는 그를 힐끗 쳐다보았다.

"괜찮겠소?"

혈의인은 귀찮다는 듯 두 번 말하지 않았다.

"철수하라!"

삭월부주가 짧게 명령하고 몸을 돌리자 공지에 있던 삭월부의 수하들은 뒤돌아서 썰물처럼 숲 속으로 들어갔다가 잠시 후에 완전히 모습을 감추었다.

공지 한복판에는 운능위, 전효대, 당석호 세 명이 주소옥을 가운데 두고 서로 등지고 있는 모습이다.

"헉헉헉……."

세 명은 거친 숨을 몰아쉬는데 모두 온몸에 크고 작은 부상을 입고 피를 철철 흘리는 모습이다.

주소옥도 멀쩡한 모습이 아니다. 원래 입고 있던 비단옷은 여기저기 마구 찢어졌으며 머리카락은 까치 둥우리처럼 헝클어졌고 몇 군데에 상처를 입어서 피를 흘리고 있으나 심하지는 않았다.

그렇지만 그녀의 얼굴에 떠올라 있는 표정은 두려움이 아니라 분노였다.

무엇에 대한 분노인지는 모르지만 현재의 감정 상태가 두

려움보다는 분노가 더 크다는 뜻이다.

쾌도비는 공지 가장자리에서 오 장쯤 안쪽 높은 나뭇가지 위에 서서 공지 쪽을 주시하고 있다.

그가 있는 곳에서 나무 사이로 혈의인과 그 전면의 주소옥 등이 잘 보였다.

혈의인은 잠시 그 자리에 서서 주소옥 등을 응시하다가 이윽고 성큼성큼 걸음을 옮겼다.

그것을 지켜보면서 쾌도비는 잠시 색다른 갈등을 하고 있었다. 혈의인이 주소옥 등을 죽인 다음에 손을 쓸 것인가 아니면 그전에 나설 것인가 하는 것이다.

혈의인이 손을 쓰기 시작하면 쾌도비로선 주소옥 등을 살릴 기회가 없을 것이다.

짐작컨대 혈의인의 무위는 쾌도비가 예상하는 것 이상일 테니까 말이다.

쾌도비와 주소옥은 아무런 은원관계도 없으며 갚아야 할 빚도 없는 상태다.

그러나 쾌도비가 어차피 혈의인을 죽일 것이라면 그녀를 죽이기 전이 좋을 것이다. 그리하면 애꿎은 목숨을 살릴 수 있을 터이다.

결정하는 순간 쾌도비는 나뭇가지를 박차고 신형을 위로

솟구쳐 올렸다.

"멈춰라!"

운능위가 다가오고 있는 혈의인에게 수중의 검을 뻗으면서 호통을 쳤다.

그의 양옆에는 상교인 전효대와 이조장 당석호가 버티고 서 있었다.

그러나 혈의인은 멈추지 않고 계속 걸어가 거리가 이 장으로 좁혀졌다.

쾌도비는 혈의인의 뒤쪽 허공에서 추호의 기척도 내지 않고 내려꽂히다가 그의 머리 위 반 장에 이르러 비로소 어깨의 도를 뽑는 것과 동시에 맹렬하게 그어 내렸다.

촹!

다시 말하지만 쾌도비의 경공술 비조행은 일절이라서 혈의인조차도 그가 허공에서 도를 뽑기 전에는 전혀 눈치를 못 챘었다. 그뿐만 아니라 운능위들도 쾌도비의 존재를 까맣게 몰랐다.

패액!

쾌노비의 노가 빛의 속도로 혈의인의 뒷머리를 향해 그어 내렸다.

혈의인은 뒤돌아보지 않은 상태에서 단지 도가 허공을 가르는 파공음만으로 공격 위치를 간파하고 왼쪽으로 쓰러지듯이 상체를 기울였다.

쾌도비는 이번 일격의 기습에 전력을 쏟았다. 만약 혈의인이 이것을 피한다면 그는 쾌도비로서도 상대하기 어려운 고수가 분명하다.

또한 쾌도비는 이번 일격의 쾌도식에 두 개의 변화를 실었다. 하나는 쾌에 쾌를 더한 극쾌(極快)이고, 혈의인이 어느 쪽으로 피하든지 중도에서 도의 방향을 꺾어 계속 공격해 나가는 것이 또 하나의 변화다.

전력으로 내리긋던 도를 중도에서 방향을 바꾸는 것은 웬만한 고수들에게도 쉽지 않은 수법이다.

그러나 과연 혈의인은 만만한 상대가 아니다. 그는 왼쪽으로 기울어지면서 한쪽 발뒤꿈치를 축으로 삼아 빙그르 회전을 하며 누운 자세가 됐다.

그것으로 그는 하강하고 있는 쾌도비의 뒤쪽에서 공격의 기회를 잡을 수 있게 되었다.

절체절명의 위기를 찰나지간에 간단히 기회로 뒤바꾸는 솜씨는 가히 놀라울 정도다.

혈의인은 발뒤꿈치만 땅에 댄 상태에서 거의 누운 듯한 자세로 재빨리 몸을 일으키며 검을 뽑는 것과 동시에 쾌도비의 등을 찔러갔다.

쉬익!

쾌도비는 의자에 걸터앉은 자세로 도를 그어 내리며 허공에서 하강하다가 눈 깜짝할 사이에 반 바퀴 공중제비를 돌면서 머리가 아래로 가게 하여 혈의인과 마주보는 자세를 취하며 재차 폭발할 듯한 일도를 뿜어냈다.

쐐액!

혈의인의 눈빛이 가볍게 흔들렸다. 자신이 그랬던 것처럼 쾌도비도 위기를 공격 기회로 탈바꿈시킬 줄은 예상하지 못했기 때문이다.

쾌도비가 몸을 뒤집는 바람에 혈의인의 검은 그의 복부를 향해 찔러가고, 쾌도비의 도는 아래에서 위로 훑어 오르기 때문에 피하지 않으면 혈의인은 사타구니에서 머리까지 세로로 쪼개질 것이다.

그런데도 쾌도비는 공격을 멈추지 않았다. 복부를 찔리더라도 혈의인을 일도양단하겠다는 각오다.

파아아…….

그런데 혈의인의 검첨이 파르르 떨리는 것 같더니 순식간에 또 다른 변화를 일으켜서 쾌도비의 목과 심장, 복부 세 군데를 농시에 썰러봤다.

더구나 검의 속도가 더욱 빨라졌기 때문에 쾌도비의 도가 혈의인에게 닿기 전에 당하고 말 상황이다.

쾌도비로서는 도저히 어떻게 해볼 수 없게 돼버렸다. 방금 전에 경공술로써 몸을 뒤집은 것이 그로서는 최선을 다한 것이었다.

그러나 그는 왼손의 도로는 그대로 그어가면서 재빨리 오른팔을 내밀어 혈의인의 검을 막았다.

그것은 오른팔을 내주고 상대를 죽이겠다는 고육지계(苦肉之計)처럼 보였다.

그러나 실상은 그의 오른팔은 도검으로도 흠집조차 낼 수 없기 때문에 방패로 삼은 것이다.

그 순간 쾌도비가 고육지계를 사용하는 것이라고 판단한 혈의인의 검이 또다시 방향을 바꾸어서 쾌도비의 도를 짧고 가볍게 쳐냈다.

껑—

검이 도에 부딪치는 반탄력을 이용하여 혈의인은 허공으로 둥실 떠올랐고, 쾌도비는 도를 쥔 왼손 쪽이 허공으로 솟구치는 바람에 등이 아래로 향하게 되었다.

휘릭!

그러나 그는 땅하고 두 자밖에 떠 있지 않은 상태에서 재빨리 몸을 뒤집어 두 발로 굳건히 땅에 내려섰다.

순식간에 벌어진 기습과 접전이었으나 그것만으로 쾌도비와 혈의인은 상대의 무위를 충분히 간파했다.

쾌도비가 땅에 내려설 때 혈의인도 사 장 거리에 가볍게 내려서고 있었다.

"쾌도비!"

"탈명도!"

운능위와 전효대, 당석호가 쾌도비를 보면서 동시에 부르짖듯이 외쳤다.

세 사람은 방금 쾌도비와 혈의인이 순식간에 몇 초식을 겨루는 것을 보고 그들이 상상을 초월하는 고수라는 사실을 깨달았다.

또한 자신들 셋의 능력으로는 합세를 해도 도저히 혈의인을 당해내지 못할 것이라는 사실도 더불어 깨달았다.

세 사람은 쾌도비가 고강하다는 것은 알고 있었지만 이 정도일 줄은 전혀 예상하지 못했었다.

주소옥은 쾌도비의 옆모습을 뚫어지게 바라보면서 눈빛이 크게 흔들렸다.

조금 전까지만 해도 그녀는 기적이 일어나지 않는 한 자신이 오늘 이곳에서 죽을 것이라고 생각했었다.

마별하 신등축제에서 첫 번째 습격을 당했을 때 어째서 곤녕으로 말실을 돌리시 않았있는지 뒤늦게 후회했지만 만시지탄(晚時之歎), 이미 때는 늦었다.

두 번째 습격을 받아 절반 이상이 죽고 나서 곤명으로 돌아가려고 했으나 그때는 뜻대로 되지 않았었다.

곤명 방면으로는 추격대가 워낙 많이, 그리고 넓게 깔려 있어서 도저히 갈 수가 없는 상황이었다.

그리고 세 번째 습격으로 왕궁무사들과 남령군이 전멸을 당하는 최악의 상황이 이어졌었다.

호위대는 싸우다가 절반은 죽고 나머지 절반은 뿔뿔이 흩어져 도망을 쳐버렸다.

그 당시의 주소옥은 곤명으로 돌아갈 수도, 낙양으로 가는 것도 허용되지 않았다. 그저 어디로든 도망쳐서 살아남는 것만이 목적이 돼버렸다.

운능위와 전효대, 당석호를 비롯하여 겨우 이십오 명의 호위를 받으면서 주소옥은 어디인지도 모르고 그저 무작정 도망쳤었다.

마차도 말도 없이 운능위와 전효대에게 번갈아 업히면서 깊은 산속으로 숨어들었다.

그러다가 또다시 추격대에 발각되어 도주가 시작되었으며, 결국 다 죽고 네 명만 간신히 남은 상태에서 이곳에서 포위를 당하고 말았다.

조금 전까지도 그녀는 절망의 낭떠러지 끝에 서 있었다. 불과 며칠 사이에 그녀는 현실이 얼마나 냉엄한지, 그리고 자신이 세상에 대해서 아무것도 모르는 철부지였다는 사실을 처절하게 깨달았다.

　그러나 깨달음이 너무 늦었다. 깨달음을 실천해 볼 기회도 없이 그녀는 이곳에서 뼈를 묻어야만 했다.

　그런데 그 절망적인 상황에 쾌도비가 나타난 것이다.

　그녀는 호위대장이 되라는 자신의 명령을 거역한 쾌도비를 그 즉시 내쫓으면서 두 번 다시 자신의 눈앞에 나타나지 말라고 일갈했었다.

　‘쾌도비……’

　어쩌면 이 절망적인 상황에서 쾌도비가 기적을 일으켜 줄지도 모른다는 한 가닥 실낱같은 희망을 품어보았다.

　툭…….

　그때 쾌도비가 쥐고 있던 도가 절반이 뚝 잘라져서 땅에 떨어졌다.

　조금 전에 혈의인의 검과 부딪쳤을 때 부러졌던 모양이다. 원래 도는 검보다 훨씬 더 무겁고 강해서 부딪치면 검이 부러지는 것이 보통인데 혈의인의 검은 평범한 검이 아닌 게 분명했다.

　“쾌도비, 이걸 받게.”

　운능위가 주소옥에서 받아 보관하고 있던 청룡도를 쾌도비에게 던져주었다.

　쾌도비는 절반뿐인 도를 놓자마자 쳐다보지도 않은 채 왼손을 뻗어 날아오는 창룡도를 잡았다. 그리고 혈의인을 주시하며 운능위 등에게 말했다.

"어서 도주하시오."

그 말에 운능위는 정신이 번쩍 들어 주소옥 앞에 쪼그리고 앉아 등을 내밀었다.

"공주님. 어서 업히십시오."

주소옥은 운능위가 여기저기 다쳐서 피를 흘리는 것을 보고 고개를 가로저었다.

"아냐. 내 발로 갈 거야."

"그럼 실례하겠습니다."

운능위는 주소옥의 팔을 잡자마자 조금 전에 삭월부주와 수하들이 사라졌던 반대 방향으로 내달리기 시작했다.

주소옥은 운능위에게 팔이 잡혀서 두 발이 허공에 뜬 상태로 끌려가면서 쾌도비를 돌아보았다.

쾌도비의 뒷모습이 보였다. 그는 멀어지는 주소옥에게는 관심도 없는 듯했다.

그의 뒷모습을 보고 있자니, 그리고 그의 모습이 점점 멀어지니까 괜히 가슴이 울컥했다.

그리고 그에게 모질게 대했던 것을 이제야 후회했다. 또한 내키는 대로 마구 성질을 부리는 것도 고쳐야겠다고 그녀는 생각했다.

당석호는 일행의 끝에서 달리면서 쾌도비를 돌아보며 버

럭 소리쳤다.

"쾌 형! 죽지 마시오!"

혈의인은 주소옥이 도망치는데도 우뚝 선 채 꼼짝도 하지 않았다.

혈의인이 아무런 표정도 짓고 있지 않은데 쾌도비는 그에게서 어떤 자신감 같은 것을 느꼈다.

쾌도비를 죽이고 나서도 충분히 주소옥을 찾아내 죽일 수 있다는 그런 자신감이다.

쾌도비는 한 가지 마음에 드는 것이 있다. 혈의인이 도망치지 않는다는 사실이다.

그는 쾌도비가 왜 공격했는지 모를 테니까 도망 같은 것은 하지 않을 것이다.

혈의인은 우뚝 선 채 쾌도비를 묵묵히 주시하기만 했다. 가만히 있으면 궁금한 점은 쾌도비가 다 알아서 말해줄 것이라는 생각이다.

원래 그런 것은 쾌도비의 특기인데 혈의인도 그런 성격인 듯했다.

하지만 지금만큼은 쾌도비가 먼저 입을 열어야 한나. 목마른 사람이 우물을 파야 하는 법. 흑청사 문신에 대해서 확인해야 하니까 말이다.

"네 오른 손목의 문신을 보여줄 수 있느냐?"

쾌도비는 단도직입적으로 요구했다. 그때 그는 혈의인의 표정이 가볍게 변하는 것을 발견했다.

혈의인은 쾌도비가 누군지 알아보았다. 삭월부 향주를 따라서 이곳으로 오는 동안 자신의 옆에서 나란히 달리며 힐끔거리던 삭월부 수하였다.

그런데 그가 조금 전에 느닷없이 나타나서 급습을 하고 나서 주소옥을 도망치게 할 때까지만 해도 삭월부 수하로 변장한 주소옥의 호위무사 정도로 생각했었다.

아까 운능위와 당석호가 '쾌도비' 혹은 '탈명도' 라고 그를 부르는 걸 들었으나 혈의인은 그런 이름과 별호는 들어본 적이 없었다. 노는 물이 다르기 때문이다.

하지만 방금 쾌도비가 오른 손목의 문신을 보여달라는 말에 혈의인은 여태까지의 생각을 다 지워 버렸다.

"왜 그러느냐?"

혈의인이 조용히 물었다. 마치 말만 잘하면 보여줄 수도 있다는 듯이 들렸다.

"예지연(叡芝淵)을 아느냐?"

쾌도비는 물음에 물음으로 답했다. 예지연은 누나의 이름이다. 그는 삼 년여 동안 흑청사 문신을 찾아 헤매면서 나름대로 하나의 가설을 세웠었다. 흑청사 문신을 한 자가 얼굴도 모르는 부모님의 원수이거나, 아니면 누나의 정인 혹은 남편

일지도 모른다고 말이다.

후자일 경우는 흑청사 문신을 한 자가 어린 누나를 꼬드겨 정을 통해놓고서 나중에 그녀를 버리고 훌훌 떠나 버린 것이다. 그래서 누나는 복수를 하고 싶었던 것이다.

"모른다."

그러나 혈의인은 잘라서 말했다.

"정말 모르느냐?"

"내가 알아야 하느냐?"

쾌도비는 할 말을 잃었다. 혈의인의 말투로나 표정으로 봤을 때 그는 누나를 모르는 것이 분명했다.

혈의인은 이제 자신이 말을 할 때라고 생각했다.

"나를 아느냐?"

"모른다."

"그렇다면 비켜라. 너와 싸울 겨를이 없다."

"오른 손목을 보여다오."

대화는 다시 원점으로 돌아갔다. 그리고 혈의인은 거리낌 없이 검을 쥐고 있는 오른손을 들어 올렸다. 그 자신도 쾌도비가 무엇 때문에 오른팔의 문신을 확인하려는 것인지 궁금하기 때문이다.

소매가 아래로 팔꿈치까지 내려가고 드디어 그의 손목과 팔뚝이 드러났다.

순간 쾌도비의 눈이 쭉 찢어지며 불길이 화르르 뿜어졌다.

혈의인의 손목에 새겨져 있는 문신은 검은색과 푸른색이 뒤섞인 한 마리 뱀의 모습이었다.

날름거리는 혀와 대가리가 손목 안쪽에 있고 몸통이 손목에서 팔뚝을 칭칭 감아 꼬리는 팔꿈치에서 끝났다.

"흑청사……."

사실 이 뱀 문신에는 따로 부르는 이름이 있으나 혈의인은 묵묵히 있었다.

그는 쾌도비가 찾으려고 하는 문신이 자신의 손목에 있다는 사실을 직감했다. 그리고 이 싸움을 피할 수 없다는 것도 예감했다.

그러나 혈의인은 조금도 두렵지 않았다. 조금 전에 쾌도비와 두어 초식 겨루어보고 그가 매우 고강하다는 사실을 알았으나 자신의 상대는 되지 못한다고 판단했다.

설혹 쾌도비가 자신보다 월등하게 고강하다고 해도 싸움을 피할 생각은 없다.

무인으로서 강한 적을 만나는 것은 행운이다. 그래서 싸우다가 죽는다고 해도 여한이 없다. 그는 그렇게 배웠으며 지금껏 그것을 실천해 왔었다.

"나와 싸울 생각이냐?"

혈의인이 오른손을 내리면서 조용히 묻자 쾌도비는 고개
를 끄덕였다.

"그렇다."

"무엇 때문이냐?"

"모른다."

혈의인은 처음으로 얼굴에 표정을 드러냈다. 어이없다는
실소다.

"무극사(無極蛇) 문신을 보고 싸우겠다면서 이유를 모른다
니 말이 되느냐?"

"그게 무극사냐?"

"그렇다."

누나는 어째서 무극사를 흑청사라고 가르쳐 주었을까. 어
쩌면 누나는 문신을 보기만 하고 뭐라고 부르는지는 몰랐을
수도 있다.

승…….

쾌도비는 느릿한 동작으로 창룡도를 뽑아 왼손에 쥐었
다.

이제부터는 말이 필요하지 않다. 행농, 즉 혈의인을 죽이는
것만이 남았을 뿐이다.

왜 그를 죽여야 하는지는 모르지만 누나가 죽이라고 했으
니 기필코 죽여야 한다.

타앗!

한순간 쾌도비는 발끝으로 땅을 박차고 일직선으로 곧장 혈의인을 향해 짓쳐갔다.

그는 혈의인이 자신과 비슷한 수준이거나 한 수 위일 것이라고 판단했다.

그렇지만 혈의인을 죽일 자신이 있다. 쾌도비에게는 비장의 오른팔이 있기 때문이다.

혈의인은 추호도 방심하지 않고 검을 잡은 손에 힘을 주며 쾌도비를 향해 마주쳐 나갔다.

싸움에 관한 한 그는 절대로 물러서지 않고 또한 방어보다는 공격을 즐겨했다.

혈의인이 보기에 쾌도비는 꽤 고강하지만 나이가 어려서 경험이 부족해서인지 조금 어설퍼 보였다.

키우웅!

거리가 순식간에 일 장으로 좁혀졌을 때 쾌도비는 전력으로 쾌도식을 전개했다.

그는 지금껏 수백 차례 싸움을 했으나 단언하건대 지금 전개하는 쾌도식이 가장 빠르고 강력했다.

그런데 예상하지 못했던 일이 벌어졌다. 마주쳐 오던 혈의인의 모습이 일 장 앞에서 갑자기 여러 명으로 분산되는 것이 아닌가.

혈의인이 경공술을 전개해서 무서운 속도로 쏘아오다가 일 장 거리를 앞두고 돌연 보법을 밟았다는 사실을 쾌도비는 미처 알아차리지 못했다.

그러므로 지독하게 빠른 보법 때문에 혈의인이 여러 명으로 보인다는 사실은 더욱 알 수 없었다.

쾌도비의 쾌도식은 매우 빠른 도법이다. 하지만 표적이 정확할 때 적용되는 것이지 표적이 갑자기 여러 개로 분산되는 데에는 속수무책이다.

그런데 그것은 시작에 불과했다. 최소한 다섯 개 이상으로 분산된 혈의인이 기쾌한 속도로 검을 뻗자 다섯 개 이상의 검이 쾌도비의 전신 급소를 찔러왔다.

물론 그것은 혈의인이 보법을 밟으면서 각 방위에서 한 차례씩 공격을 하는 것인데 워낙 빠르다 보니까 한꺼번에 다섯 개 이상의 공격이 돼버린 것이다.

그러나 쾌도비는 피하고 싶은 생각이 없다. 믿는 것이 있으며 또한 모험을 즐기기 때문이다.

그는 오른쪽에서 찔러오는 두 개의 검은 오른팔을 바깥에서 안쪽으로 우려지면서 방어하고, 정면과 왼쪽으로 약간 치우친 또 다른 두 개의 검은 왼손 창룡도의 방향을 전환하여 검을 자르는 것과 동시에 혈의인의 가슴을 통째로 자르기를 시도했다.

그 밖에 왼쪽에서 쇄도하는 하나 혹은 두 개쯤의 검은 어쩔 도리가 없다.

그 공격이 자신의 몸에 닿기 전에 혈의인을 요절내는 수밖에 없다.

그렇게 하지 못한다면 쾌도비 자신이 큰 부상을 당하거나 심하면 죽을 수도 있다.

오른팔이든 창룡도든 혈의인의 검이 걸려들기만 하면 찔러오는 검이 아무리 많더라도 순식간에 사라져 버릴 것이다.

혈의인은 쾌도비가 이렇게 무지막지한 방법으로 나올 줄은 예상하지 못했다.

그러나 상관없다. 쾌도비의 오른팔은 잘라 버리면 되고 부딪쳐오는 도 역시 부러뜨리면서 놈의 목을 찌르면 된다고 쉽게 생각했다.

터어…….

"……!"

그런데 뭔가 잘못됐다. 자를 것이라고 여겼던 쾌도비의 오른팔에 부딪쳤던 검이 퉁겨지고 있다.

그러면서 쾌도비에게 쏟아냈던 일곱 개의 공격이 그 순간 모조리 와해돼 버렸다.

슈웃…….

　위기를 감지한 혈의인은 일단 후퇴하기로 마음먹었다. 그의 몸이 순간적으로 뒤로 이 장가량 물러나고 있을 때 쾌도비가 상체를 앞으로 기울이며 따라붙었다.

　혈의인은 다시 조금 전의 보법을 전개하여 쾌도비의 측면이나 배후로 이동하려는 생각을 했다.

　그때 이 장 밖에서 쇄도하고 있는 쾌도비가 갑자기 오른손 주먹을 힘껏 뻗었다. 아무리 팔이 길어도 이 장 밖에 있는 사람을 맞출 수는 없다.

　'설마…….'

　그걸 보면서 혈의인은 지금 자신의 뇌리를 스치고 있는 그 불길한 예감이 적중하지 않기를 빌었다.

　후우웅!

　그러나 원래 불길한 예감일수록 적중하는 법이다. 허공을 떨어 울리는 육중한 파공음과 함께 쾌도비의 오른손 주먹에서 보이지 않는 무형의 기운이 폭발하듯이 뿜어졌다. 그것이 바로 쾌도비가 믿는 최후의 한 방이다.

　'권풍이라니…….'

　파공음만 듣고도 그것이 무엇인지 간파한 혈의인은 이언 실색했다.

　그는 자신이 쾌도비보다 고강하다고 생각하지만 권풍을 전개하지는 못한다.

　체내의 공력을 손바닥이나 주먹을 통해서 발출하는 장풍이나 권풍은 구파일방의 장문인이나 장로쯤 돼야 전개할 수 있는 상승수법이기 때문이다.

　스퍽!

　"크흑!"

　지독하게 빠르고 강력한 권풍이라서 혈의인은 피할 엄두도 내지 못한 채 고스란히 복부에 적중당했다.

　그러나 그는 고통을 느끼지 못했다. 다만 등 뒤로 몸속에 있는 모든 것이 모조리 빠져나가는 듯한 느낌이 들었을 뿐이다.

　그저 복부에 권풍을 적중당했으면 그는 뒤로 퉁겨 날아갔을 텐데, 관통을 당하니까 단지 몇 걸음 비틀거리면서 뒷걸음치다가 털썩 주저앉았다.

　그는 자신이 죽어가고 있는 것을 느끼면서 힘없이 복부를 내려다보았다.

　주먹 하나가 통째로 들어갈 정도로 뻥 뚫린 복부의 구멍에서 피가 콸콸 쏟아졌다.

　그는 창백한 얼굴을 들어 자신의 앞에 우뚝 서 있는 쾌도비를 올려다보았다.

　"너는… 무극사 문신이 있는 사람은 다 죽일 셈이냐……?"

　쾌도비의 안색이 확 변했다.

“무슨 소리냐?”

그러나 혈의인은 대답하지 못했다. 고개를 떨어뜨린 채 이미 숨이 끊어졌기 때문이다.

『무정도』 2권에 계속…

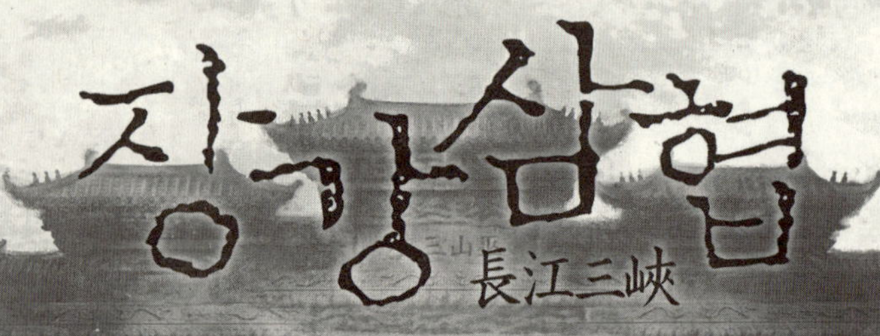

조돈형 新무협 판타지 소설

『궁귀검신』, 『마도십병』, 『운룡쟁천』의
작가 **조돈형**
그가 장강의 사나이들과 함께 돌아왔다!

굽이쳐 흐르는 거대한 장강의 흐름 속에서
선혈처럼 피어나 유성처럼 지는 사내들의 향취!

장강삼협(長江三峽)!

하늘 아래 누구보다 올곧았던 아버지의 시신을 이끌고
고향으로 돌아온 유대웅을 기다리고 있던 것은
천오백 년의 시공을 뛰어넘은 패왕(霸王)의 무(武)와 검(劍)!

패왕칠검(霸王七劍)과 팔뢰진천(八雷振天)의 무위 아래
천하제일검(天下第一劍)으로 우뚝 설 한 소년의 일대기!

장강의 수류는 대륙을 가로질러
이윽고 역사가 된다!

『가면의 레온』『무적문주』『신필천하』의 작가
눈매 新무협 판타지 소설

『가면의 마존』

중원을 공포에 떨게 만든 희대의 악마, 혈마존.
혈마존의 혼을 잃어버린 염라계는 결국 레온의 영혼을
혈마존의 몸에 집어넣는데!

'내, 내가… 그렇게 흉악한 사람이었다니! 믿을 수가 없어!'

기억을 잃은 채 혈마존의 몸에 부활한 레온.
본성이 착한 레온은 천하의 악인이 되어
혈마교를 이끌어야 하는데……

"아무래도 여긴 나랑 안 맞아!"